FLC

Flc

PEDRO ANTONIO DE ALARCÓN

EL FINAL DE NORMA

BARCELONA **2006**
WWW.LINKGUA.COM

Créditos

Título original: *El final de Norma*.

© 2006, Linkgua ediciones S.L.

  08011 Barcelona.
  Muntaner, 45 3º 1ª
  Tel. 93 454 3797
  e-mail: info@linkgua.com

Diseño de cubierta: Linkgua S.L.

ISBN: 84-96428-37-0.

Las bibliografías de los libros de Linkgua son actualizadas en: www.linkgua.com

SUMARIO

PRESENTACION

La vida

Alarcón, Pedro Antonio de (Guadix, Granada, 1833-Madrid, 1891). España. Hizo periodismo y literatura. Su actividad antimonárquica lo llevó a participar en el grupo revolucionario granadino «la cuerda floja».

Intervino en un levantamiento liberal en Vicálvaro, en 1854, y —además de distribuir armas entre la población y ocupar el Ayuntamiento y la Capitanía general— fundó el periódico *La Redención*, con una actitud hostil al clero y al ejército. Tras el fracaso del levantamiento, se fue a Madrid y dirigió *El Látigo*, periódico de carácter satírico que se distinguió por sus ataques a la reina Isabel II.

Sus convicciones republicanas lo implicaron en un duelo que trastornó su vida, desde entonces adoptó posiciones conservadoras. Aunque no parezca muy ortodoxo, en el prólogo a una edición de 1912 Alarcón es considerado un escritor romántico.

El final de Norma fue escrita por Alarcón a los dieciocho años. Se trata de una obra romántica, una historia de amor en la que un joven apasionado persigue al objeto de su deseo a través de medio mundo.

A MR. CHARLES D'IRIARTE

Mi querido Carlos:

Honraste hace algunos años mi pobre novela *El final de Norma* traduciéndola al francés y publicándola en elegantísimo volumen, que figuró pomposamente en los escaparates de tu espléndido París. No es mucho, por tanto, que, agradecido yo a aquella merced, con que me acreditaste el cariño que ya me tenías demostrado, te dé hoy público testimonio de mi gratitud dedicándote esta nueva edición de tan afortunado libro.

Afortunado, sí; pues te confieso francamente que no acierto a explicarme por qué mis compatriotas, después de haber agotado cuatro copiosas ediciones de él (aparte de las muchísimas que se han hecho, aquí y en América, en folletines de periódicos), siguen yendo a buscarlo a las librerías. Escribí *El final de Norma* en muy temprana edad, cuando sólo conocía del mundo y de los hombres lo que me habían enseñado mapas y libros. Carece, pues, juntamente esta novela de realidad y de filosofía, de cuerpo y alma, de verosimilitud y de trascendencia. Es una obra de pura imaginación, inocente, pueril, fantástica, de obvia y vulgarísima moraleja, y más a propósito, sin duda alguna, para entretenimiento de niños que para aleccionamiento de hombres, circunstancias todas que no la recomiendan grandemente citando el siglo y yo estamos tan maduros. En resumen: aunque soy su padre, no me alegro ni ufano de haber escrito *El final de Norma*.

Pero me objetarás. Pues ¿por qué vuelves a autorizar su publicación?

Te lo diré: la autorizo porque, a lo menos, es obra que no hace daño, y, no haciéndolo, creo que no debo llevar mi conciencia literaria hasta el extremo de prohibir la reimpresión de una inocentísima muchachada, sobre todo cuando los libreros me aseguraron que el público la solicita, y citando, en prueba de ello, los editores me dan un buen puñado de aquel precioso metal de que todos los poetas y no poetas tenemos sacra... vel non sacra fames...

De muy distinto modo obrara si mi propia censura se refiriese, no ya a la enunciada insignificancia, sino a tal o cual significación perniciosa de esta novela; pues, en tal caso, no sacrificaría en aras del éxito ni del interés mi conciencia moral tan humildemente como sacrifico mi conciencia literaria...

Pero, gracias a Dios, *El final de Norma*, a juicio de varios honradísimos padres de familia, puede muy bien servir de recreo y pasatiempo a la juventud, sin peligro alguno para la fe o para la inocencia de los afortunados que poseen estos riquísimos tesoros. ¡Y es que en *El final de Norma* no se dan a nadie malas noticias, ni se levantan falsos testimonios al alma humana!...

Salgan, por consiguiente, a luz nuevas ediciones de esta obrilla hasta que el público no quiera más; y pues que he confesado mis culpas, absuélvanme, por Dios, los señores críticos y no me impongan mucha penitencia. Adiós, Carlos; y con dulces, indelebles recuerdos de aquellos días que pasamos juntos en África y en Italia, cuando subíamos esta cuesta de la vida, que ya vamos bajando, recibe un apretón de manos de tu mejor amigo.

Pedro Antonio de Alarcón

PARTE I. LA HIJA DEL CIELO

I. El autor y el lector viajan gratis

El día 15 de abril de uno de estos últimos años avanzaba por el Guadalquivir, con dirección a Sevilla, El Rápido, paquete de vapor que había salido de Cádiz a las seis de la mañana.

A la sazón eran las seis de la tarde.

La Naturaleza ostentaba aquella letárgica tranquilidad que sigue a los días serenos y esplendorosos, como a las felicidades de nuestra vida sucede siempre el sueño, hermano menor de la infalible muerte.

El Sol caía a Poniente con su eterna majestad.

Que también hay majestades eternas.

El viento dormía yo no sé dónde, como un niño cansado de correr y hacer travesuras duerme en el regazo de su madre, si la tiene.

En fin; el cielo privilegiado de aquella región constantemente habitada por Flora, parecía reflejar en su bóveda infinita todas las sonrisas de la nueva primavera, que jugueteaba por los campos...

¡Hermosa tarde para ser amado y tener mucho dinero!

El Rápido atravesaba velozmente la soledad grandiosa de aquel paisaje, turbando las mansas ondas del venerable Betis y no dejando en pos de sí más que dos huellas fugitivas...: un penacho de humo en el viento, y una estela de espuma en el río.

Aun restaba una hora de navegación, y ya se advertía sobre cubierta aquella alegre inquietud con que los pasajeros saludan el término de todo viaje...

Y era que la brisa les había traído una ráfaga embriagadora, penetrante, cargada de esencias de rosa, laurel y azahar, en que reconocieron el aliento de la diosa a cuyo seno volaban.

Poco a poco fueron elevándose las márgenes del río, sirviendo de cimiento a quintas, caseríos, cabañas y paseos...

Al fin apareció a lo lejos una torre dorada por el crepúsculo, luego otra más elevada, después ciento de distintas formas, y al cabo mil, todas esbeltas y dibujadas sobre el cielo.

¡Sevilla!...

Este grito arrojaron los viajeros con una especie de veneración.

Y ya todo fueron despedidas, buscar equipajes, agruparse por familias, arreglarse los vestidos, y preguntarse unos a otros adónde se iban a hospedar...

Un solo individuo de los que hay a bordo merece nuestra atención, pues es el único de ellos que tiene papel en esta obra...

Aprovechemos para conocerlo los pocos minutos que tardará en anclar El Rápido, no sea que después lo perdamos de vista en las tortuosas calles de la arábiga capital.

Acerquémonos a él, ahora que está solo y parado sobre el alcázar de popa.

II. Nuestro héroe

Pero mejor será que prestemos oído a lo que dicen con relación a su persona algunos viajeros y viajeras...

—¿Quién es —pregunta uno— aquel gallardo y elegante joven de ojos negros, cuya fisonomía noble, inteligente y simpática recuerdo haber visto en alguna parte?

—¡Y tanto como la habrá usted visto! —responde otro—. Ese joven es Serafín Arellano, el primer violinista de España, hoy director de orquesta del Teatro Principal de Cádiz.

—Tiene usted razón ¡Anoche precisamente le oí tocar el violín en La Favorita!... Por cierto que me pareció de más edad que ahora.

—Pues no tiene ni la que representa... —agregó un tercero—. Con todo ese aire reflexivo y grave, no ha cumplido todavía los veinticinco años...

—Diga usted... Y ¿de dónde es?

—Vascongado: creo que de Guipúzcoa.

—¡Tierra de grandes músicos!

—Éste ha resucitado la antigua buena práctica de que el director de orquesta no sea una especie de telégrafo óptico, sino un distinguido violinista que acompañe a la voz cantante en los pasos de mayor empeño; que ejecute los preludios de todos los cantos, y que inspire, por decirlo así, al resto de los instrumentistas el sentimiento de su genio, no por medio de mudas señas, trazadas en el aire con el arco o con la batuta, sino haciendo cantar a su violín, y compartiendo, como anoche compartió él mismo, los aplausos de los cantantes...

—Pues añadan ustedes que Serafín Arellano es excelente compositor. Yo conozco unos valses suyos muy bonitos...

—Y ¿a qué vendrá a Sevilla?

—No lo sé... La temporada lírica de Cádiz terminó anoche... Podrá ser que se vuelva a su tierra, o que vaya a Madrid...

—A mí me han dicho que va a Italia...

—Y ¡qué presumido es! —exclamó una señora de cierta edad—. Mirad cómo luce la blancura de su mano, acariciándose esa barba negra... demasiado larga para mi gusto...

—¡Oh! Es un guapo chico...

—Diga usted, caballero... —preguntó una joven—, y ¿está casado?

—Perdone usted, señorita: oigo que preparan el ancla... y tengo que cuidar de mi equipaje... —respondió el interrogado, girando sobre los talones.

Y con esto terminó la conversación, y se disolvió el grupo para siempre.

III. Aventuras del sobrino de un canónigo

Llegó El Rápido a Sevilla, y como de costumbre, ancló cerca de la Torre del Oro.

La orilla izquierda del río es un magnífico paseo, adornado por esta parte con extensísimo balcón de hierro, al cual se agolpa de ordinario mucha gente a ver la entrada y salida de los buques.

Serafín Arellano paseó la vista por la multitud, sin encontrar persona conocida. Saltó a tierra, y dijo a un mozo, designándole su equipaje:

—Plaza del Duque, número...

Saludó nuestro músico la soberbia catedral con el respeto y entusiasmo propios de un artista, y entró en la calle de las Sierpes, notable por su riquísimo comercio.

No había andado en ella quince pasos, cuando oyó una voz que gritaba cerca de él:

—¡Serafín, querido Serafín!

Volviose, y vino a dar de cara con un joven de su misma edad, vestido con elegancia, pero con cierto no sé qué de ultramarino, de transatlántico, de indiano... El pantalón, el chaleco, el gabán y la corbata eran de dril blanco y azul, y completaban su traje camisa de color, escotado zapato de cabritilla y ancho sombrero de jipijapa.

Este vestido, asaz anchuroso y artísticamente desaliñado, cuadraba a las mil maravillas a una elevada estatura, a una complexión fina y bien proporcionada, y sobre todo, a una fisonomía enérgica, tostada por el Sol, adornada de largo y retorcido bigote, y llena de movilidad, de gracia, de travesura.

Serafín permaneció un instante, sólo un instante, con los ojos clavados en el joven, como queriendo reconocerlo, hasta que exclamó de pronto, arrojándose en sus brazos:

—¡Alberto, querido Alberto!

—¡Si tardas un minuto..., ¿qué digo? un segundo más en decir esas palabras..., te mato, y muero enseguida de remordimientos!

Soltaron ambos amigos la carcajada, y volvieron a abrazarse con más ternura.

—¿Tú aquí? —exclamó Serafín, transportado de alegría—. ¿De dónde sales?... ¡Estás desconocido!... ¿Por qué no me has escrito en tres años?... ¡Oh! ¡Te has puesto guapísimo!

—¡Alto ahí! Suprime unos piropos y requiebros que tú te mereces, y explícame este encuentro...

—¡Explícamelo tú! Y, ante todas cosas..., dime por qué no me has escrito en tantos años...

—¡Eh! —replicó Alberto—. ¡No parece sino que en todas partes hay correo para Guipúzcoa, y papel y tintero para escribir! Pero tú... ¿Qué te has hecho en este tiempo? ¿Por qué te hallas en Sevilla? ¿De dónde vienes? ¿Adónde vas? Y, sobre todo, Caín, ¿qué has hecho de tu hermana?

—Yo salí hace un año de San Sebastián, y no he vuelto todavía.

—¡Cómo! ¿Has dejado el puesto de primer violín de aquel teatro?

—Sí; pero me he colocado en el Principal de Cádiz.

—¡Ah! ¡Diablo! ¡Me alegro mucho! ¿Y tu hermana? ¿Vive contigo? ¿Quién?... ¿Matilde?... —balbuceó Serafín algo turbado.

—Justamente, Matilde. ¿Por qué hermana te he de preguntar, si no tienes otra?

—Matilde... —replicó el músico— vive aquí con mi tía, porque a esta señora le perjudica el clima de Cádiz.

—Por supuesto, sigue tan hermosa...

Serafín calló un momento, y luego tartamudeó:

—Se ha casado...

Alberto dio un paso atrás y dijo:

—¡Dos veces diablo! ¡Matilde casada! ¡Ahora que pensaba yo en casarme con ella! ¡Matilde casada con otro hombre!... ¡Verdaderamente, nací con mal sino!

Serafín se puso ligeramente pálido, y exclamó:

—¿Cómo? ¿Amabas a Matilde?

Alberto procuró calmarse, y respondió, fingiendo que se reía:

—Hombre... Si ya se ha casado... Pero... la verdad... ¡era tan bonita tu hermana! ¡Vamos!... Me habría convenido tal boda... En fin, ¡paciencia!

—Tú hubieras hecho infeliz a Matilde... —exclamó gravemente el artista.

—¿Por qué?

—Porque amas cada día a una mujer diferente; porque eres muy frívolo; porque no tienes formalidad para nada.

—¡Dices bien! ¡Dices bien!... —respondió Alberto, afectando más ligereza que la natural en él—. Yo soy un aturdido, un calavera..., y puedes descuidar respecto de tu señor cuñado. Todas mis emociones suelen ser muy fugitivas... Casualmente, anoche mismo volví a enamorarme... Ya te contaré esto...En cuanto a tu hermana, cree que la hubiera querido con formalidad, como tú dices... Pero ¡qué diablo! El día que me presentaste a ella, hace cuatro años, me advertiste que estaba prometida su mano, no sé a quién, y que, por tanto, no la galantease. Yo te obedecí, mal que me pesara... Y dime: ¿se casó con el mismo?

—¿Con quién? —preguntó Serafín distraídamente.

—¡Yo no sé! ¡Nunca me dijiste quién era mi rival!...

—No... Aquello se deshizo... Se ha casado con otro. Pero esto es un secreto.

—¡Diablo!... De cualquier modo, si alguna mujer me ha interesado en el mundo, es Matilde.

—¡Alberto!

—Descuida, hombre. ¡No la miraré siquiera!

—¡No te será difícil, pues que, según parece, te acometió anoche el milésimo amor! Pero hablemos de otra cosa. ¿Por qué no me has escrito? Respóndeme seriamente.

—Verdad es que tratábamos de eso. Pues, señor, al mes de separarnos murió mi tío el Canónigo. ¡Pobre tío! Entre metálico y fincas, 20.000 duros. ¡Bien los había yo ganado!

—¿Te los dejó?

—¡Tutti!

—¡Bravo!

—Como te figurarás, tiré el Charmes: desgarré la sotana que iba a servirme de mortaja; di a la Biblia un tierno beso de despedida; arreglé mis asuntos; llené de onzas los rincones de mis maletas, y eché a volar... ¡Cuánto he corrido!... Cuando menos, he visto ya dos terceras partes del mundo. He estado en América, en Egipto, en Grecia, en la India, en Alemania... ¡Qué sé yo! ¡Y todo así, sin método, de paso, como las águilas! ¡Qué tres años, amigo mío! ¡Oh, qué grande es Dios y qué mundo tan hermoso ha hecho! ¿Dónde dirás que voy ahora?

—Dímelo.

—Voy... ¡Atiende, voto a bríos, y asústate sobre todo! Voy... ¡al Polo boreal!

Imposible fuera describir el tono con que dijo Alberto estas palabras, y el asombro con que las oyó Serafín, el cual, luego que se repuso, exclamó con tierno interés:

—¡Desventurado, te vas a helar!...

—¡Bah, pardiez! —interrumpió Alberto—. ¿Me he derretido acaso en el Desierto de Barca, donde he vivido quince días? ¿Me he frito en el Ecuador, en la Península de Malaca? ¡Yo soy de hierro! ¡Me he propuesto gastar mi vida y mi dinero en ver todo el mundo, y lo he de conseguir, Dios mediante!

—Al menos has adelantado algo en materia religiosa... —dijo Serafín, tratando de disimular su disgusto—. Antes no citabas más que al diablo, y ahora, en lo que va de conversación, has nombrado ya dos veces a Dios...

Alberto meditó, y dijo enseguida:

—Te advierto que todo el que viaja mucho deja de creer en el diablo y vuelve a creer en Dios. Yo, sin embargo, conservo un buen afecto a Satanás. ¡Diablo! Es tan hermoso decir «¡diablo!».

—Y ¿cuándo partes? —preguntó Serafín.

—Mañana a la tarde.

—¿En qué buque?

—En un bergantín sueco que fondeó en Cádiz hace cuatro días, si no mienten los periódicos, y sale pasado mañana para Laponia. Mañana me voy a Cádiz: llego, entro en el bergantín, y ¡al Norte! Luego que estemos en

Laponia, que será a mediados de mayo, paso a bordo del primer groenlandero que vaya a Spitzberg a la pesca de la ballena. Una vez en Spitzberg, puedo decir que he avanzado hacia el Polo tanto como el más atrevido navegante... Sin embargo, si queda verano... Pero no, ¡diablo!... ¡Entonces pudiera helarme, como tú dices!

—Pues ¿qué pensabas?

—Ir al Polo.

—¡Jesús!

—No... no... Conozco que es imposible... Pero le andaré muy cerca.

—¡Buen viaje! —dijo Serafín.

—Ahora —continuó Alberto— dime algo de tu persona... ¿Qué haces en Sevilla?

—Es muy sencillo. No hago nada.

—¿Cómo?

—Llego en este momento. Y ¿qué proyectas?

—Partir contigo inmediatamente.

—¿Adónde? ¿Al Polo?

—¡Qué disparate! A Cádiz.

—Pero ¿a qué has venido?

—A despedirme de mi hermana, pues yo también pienso emprender un largo viaje...

—¡Tú!

—Yo.

—Y ¿adónde vas?

—¡A Italia! ¡A realizar el sueño de toda mi vida! He ahorrado de mi sueldo lo suficiente para hacer una visita a la patria de la música, a la región donde todos se inspiran, donde todos cantan; a esa península...

—A esa península —interrumpió Alberto, parodiando el ardor de Serafín—; a esa península hecha por un zapatero, la cual, según cierto geógrafo, está dando un puntapié a la Sicilia para echarla al África!...

—¡No te burles de mi más hermosa, de mi única ilusión!

—La respeto por ser tuya; pero prefiero mi Polo. Conque vamos a ver a tu hermana... (¡te he dicho que descuides!), y mañana a las siete nos volveremos a Cádiz en El Rápido. Allí nos separaremos, tú con dirección al

Mediodía, y yo con rumbo al Norte... y, por tanto nos encontraremos en los antípodas, en el Estrecho de Cook.

En esto llegaron a la plaza del Duque, frente a una bonita casa, en la cual penetraron, no sin que antes Serafín dijese a Alberto:

—¡No olvides que mi hermana... es mi hermana!

Alberto se encogió de hombros, y lanzó un profundo suspiro.

IV. Dónde se habla de las mujeres en general y de una mujer en particular

La hermana de Serafín Arellano hubiera agradado mucho al lector.

Ojos hermosos, llenos de graves sentimientos; cara noble y simpática; formas esculturales, que la vista se complacía en acariciar; veintidós años; aire melancólico, pero dulce... He aquí a Matilde, tal como se precipitó en brazos de Serafín en la primera meseta o descansillo de la escalera de su casa.

—¿Quién viene contigo? —preguntó la joven después de abrazar a su hermano.

—Es Alberto... —tartamudeó Serafín.

—¡Alberto!... —repitió Matilde, perdiendo el color.

—¡Que no te vea... —añadió Serafín—, hasta que tú y yo hablemos un poco!

E introdujo a su hermana en la sala principal, mientras que Alberto, que se había detenido, por indicación de Serafín, a esperar el equipaje de éste, subía ya la escalera... tarareando.

Alberto fue conducido a un gabinete, donde encontró a la tía de sus amigos, anciana respetable que pasaba la vida en la cama o en un sillón.

Alegrose la enferma de ver al jovial camarada de su sobrino; pero no bien habían hablado cuatro palabras, cuando apareció Serafín con Matilde.

—¡Me lo has prometido! —murmuró el artista al oído de su hermana al tiempo de entrar en el gabinete—. ¡Cuidado!

Matilde bajó la cabeza en señal de sumisión y conformidad.

—Aquí tienes a Matilde... —dijo entonces Serafín en voz alta.

Alberto se volvió con los brazos abiertos.

La joven le tendió la mano.

El amigo de Serafín quedó desconcertado por un momento: luego, recobrándose, estrechó aquella mano con efusión.

Matilde se esforzó para sonreír.

Serafín, entretanto, abrazaba a su tía.

—¿Y tu esposo? —preguntó Alberto a la joven, procurando dar a su voz el tono más indiferente.

—Está en Madrid... —respondió ella.

—¿Supongo que serás dichosa?...

Serafín tosió.

—¡Mucho! —contestó Matilde, alejándose de Alberto para tirar de la campanilla.

Alberto se pasó la mano por la frente, y su fisonomía volvió a ostentar el acostumbrado atolondramiento.

—Os advierto —dijo— que me estoy cayendo de hambre.

—Y yo de sed... —añadió Serafín.

—¡Yo de ambas cosas! —repuso Alberto.

—Acabo de pedir la comida... —murmuró Matilde.

Y los tres jóvenes se dirigieron al comedor.

La anciana había comido ya.

—Conque vamos a ver, Serafín —exclamó Alberto, luego que despachó los primeros platos y apuró cerca de una botella—. ¿Cómo te va de amores? ¿Sigues tan excéntrico en materia de mujeres? ¿No has encontrado todavía quien te trastorne la cabeza? ¿Estás enamorado?

—No, amigo; no lo estoy, a Dios gracias, por la presente, y su Divina Majestad me libre de estarlo en lo sucesivo...

—¡Zape! —replicó Alberto—. O eres de estuco, o me engañas. Con tus ojos árabes y tu tez morena es imposible vivir así...

—¡Qué quieres! Le temo mucho al amor.

—Y ¿por qué? Si nunca has estado enamorado, ¿cómo es que le temes? ¿No sabes que nuestro santo padre san Agustín ha dicho: Ignoti nulla cupido?

—Dímelo más claro, porque el latín...

—Yo traduzco: «Lo que no se conoce no se teme»; pero el santo quiso decir que lo desconocido no se desea.

—Pues entonces san Agustín me da la razón.

Matilde no levantaba a todo esto los ojos fijos en su plato...

Se conocía que llevaba muy a mal la alegría de Alberto.

—Por lo demás —añadió Serafín—, no me es tan desconocido clamor como tú te figuras. Yo estuve enamorado... allá... cuando todos los hombres somos ángeles. Había leído dos o tres novelas del vizconde d'Arlincourt, y me empeñé en encontrar alguna Isolina, alguna Yola. Y ¿sabes lo que encontré? Vanidad, mentira o materialismo y prosa. Entonces tomé el violín y me dediqué exclusivamente a la música. Hoy vivo enamorado de la Julieta de Bellini, de la Linda de Donizetti, de Desdémona, de Lucía...

Matilde miró a Serafín de una manera inexplicable.

Alberto soltó la carcajada.

—¡No te rías! —continuó el artista—. Es que yo necesito una mujer que comprenda mis desvaríos y alimente mis ilusiones, en lugar de marchitarlas...

Matilde suspiró.

—Mereces una contestación seria —dijo Alberto— y voy a dártela. Veo que no vas tan descaminado como creí al principio... ¡Hasta me parece que convenimos en ideas! Sin embargo, estableceré la diferencia que hay entre nosotros. Ésta consiste en que, aunque yo no amo a esas mujeres que tú detestas, porque, como a ti, me es imposible amarlas, les hago la corte a todas horas. ¿Sabes tú lo que es hacer la corte? Pues tomar las mujeres a beneficio de inventario; quererlas sin apreciarlas, y... todas las consecuencias de esto.

—Pero ¡esto es horroroso! —exclamó Matilde.

—¡Y necesario! —añadió Alberto.

—¡Alberto, tú no tienes corazón! —replicó la joven con indecible amargura.

Serafín volvió a toser.

—¡Mi corazón! —dijo Alberto—. Por aquí debe de andar... Y se metió una mano entre el chaleco y la camisa. Yo también he amado; yo también amo de otro modo... Pero es menester olvidarlo y aturdirse con amores de cabeza...

Los ojos de Matilde se encontraron con los de Alberto.

Serafín sorprendió esta mirada, y dijo enseguida:

—Matilde, ¿te hubieras tú casado con Alberto?

—¡Nunca! —respondió la joven con voz solemne y dolorosa.

Alberto se rió estrepitosamente.

—¡Me place! —exclamó—. ¡Me place tu franqueza!...

—Convéncete, Alberto... —dijo Serafín—. Tú harías muy infeliz a tu esposa. ¡Vives demasiado, o demasiado poco!

—Pues es menester que sepas... —exclamó Alberto.

—¡Ya lo sé! —replicó Serafín Arellano—: que has amado a mi hermana tanto como yo a ti. Matilde lo sabía también; mas como juzgaba que no podía amarte, me suplicó que te quitase esta idea de la cabeza, a fin de no disgustarte con una negativa. Yo, que no quería perder tu amistad, como indudablemente la hubiera perdido al verte afligir a mi hermana, te distraje de tu propósito, y, a Dios gracias, hoy ha pasado tu capricho, y Matilde se ha casado. ¡Seamos hermanos!

La joven llenó de vino tres copas, y repitió; ¡Seamos hermanos!

Bebieron, y Alberto, ahogando un suspiro volvió a sonreír jovialmente.

Luego exclamó:

—¡Ahora caigo en que se me había olvidado entristecerme!

—¡Deseo extravagante! —dijo Matilde.

—¡Ay, amigos míos! —gimió Alberto con afectada melancolía—. ¡Estoy enamorado!

—Ya me lo has dicho esta tarde: cuéntame eso.

—Escuchad. Hace cinco días... (¡Porque yo llevo cinco días de estancia en Sevilla, sin sospechar que Matilde vivía también aquí!)

Hace cinco días que el empresario de este Teatro Principal, donde, como sabéis, tenemos compañía de ópera, recibió una carta de su amigo el empresario del Teatro de San Carlos, de Lisboa, concebida, sobre poco más o menos, en los términos siguientes:

«Querido amigo: Al mismo tiempo que esta carta habrá llegado a Sevilla una misteriosa mujer, cuyo nombre y origen ignoramos, pero cantatriz tan sublime, que ha vuelto loco a este público por espacio de tres noches. Canta por pura afición, y siempre a beneficio de los pobres. Hasta ahora sólo se ha dejado oír en Viena, Londres y Lisboa, arrebatando a cuantos la han escuchado: porque os repito que es una maravilla del arte. En los periódicos la citan con el nombre de la Hija del Cielo. Si aprovecháis su permanencia en esa capital (que será breve según dice), pasaréis unos ratos divinos. No puedo daros otras noticias sobre la Hija del Cielo, por más que corran varios rumores acerca de ella. Quién dice que es una princesa escandinava; quién afirma que es nieta de Beethoven; pero todos ignoran la verdad. El hecho es que ha cantado aquí La Sonámbula, Beatrice y Lucía de un modo inimitable, sobrenatural, indescriptible. Tuyo, etc.»

Figuraos el efecto que esta carta le haría al empresario. Ello es que buscó a la desconocida, y le suplicó tanto, que anoche se presentó en escena a debutar con Lucrecia.

—¿Fuiste, por supuesto? —preguntó Serafín, que escuchaba a su amigo con un interés extraordinario.

—Fui.

—Y ¿canta esta noche?

—Canta.

—¡Oh! ¡Es preciso ir!

—Iremos. Tengo tomado un palco. Siéntate, y proseguiré.

—Dime antes: ¿qué canta esta noche?

—La Norma.

—¡Magnífico! —exclamó Serafín, batiendo palmas—. ¡Cuenta! ¡Cuenta, Alberto mío! ¡Cuéntamelo todo!

—Pues, señor, llegó la hora deseada: el teatro estaba lleno hasta los topes, y yo me agitaba impaciente en una butaca de primera fila. Nuestro amigo José Mazzetti dirigía la orquesta. Me puse a hablar con él mientras principiaba la ópera, y me hizo notar en un palco del proscenio a dos personas que lo ocupaban.

—¿Quiénes son? —le pregunté con indiferencia.

—Los que viajan con la Hija del Cielo: se ignoran los lazos que les unen a la diva.

Creo inútil decirte que me fijé inmediatamente en aquel palco, y empecé a devorar con los anteojos a los desconocidos.

El uno estaba apoyado en el antepecho, y el otro permanecía en el fondo, en una semioscuridad.

El primero era un viejo de tan pequeña estatura que no llegaría a vara y media, grueso, colorado, con los ojos muy azules y extremadamente calvo. Vestía de rigurosa etiqueta... europea.

El otro, joven y apuesto, era alto y rubio; pero no pude distinguir bien sus facciones. Llevaba un albornoz blanco, al antiguo uso noruego, y no se sentó en toda la noche ni se movió del fondo del palco. Solamente de vez en cuando le veía ponerse ante los ojos unos gemelos negros, cuyo refulgente brillo añadía algo de siniestro a su silenciosa figura.

Empezó la ópera...; y, puesto que vas a ir esta noche, corto aquí mi relación; porque inútilmente pretendería yo darte idea de la hermosura que vi y de la voz que escuché...

—¡Habla! ¡Habla! —dijo Serafín.

—Óyelo todo en dos palabras: cantó como los ángeles deben cantarle a Dios para ensalzarlo; como Satanás debe cantar a los hombres para perderlos. ¡Oh! ¡Tú la oirás esta noche!

—¿Y qué? —preguntó Serafín con mal comprimido despecho—. ¿Es de esa extranjera de quien estás enamorado?

—Sí; ¡de ella! —contestó Alberto, no sin mirar antes a Matilde.

Aquella mirada parecía una salvedad.

Matilde callaba, jugando distraídamente con un cuchillo.

—Aun no he terminado mi historia —prosiguió Alberto—. Durante la representación fue el teatro una continua tempestad de aplausos, de bravos y de vítores, así como un diluvio de flores, palomas, laureles y cuanto puede simbolizar el entusiasmo. Yo, más que nadie exaltado, entusiasmado, delirante, me distinguí entre todos por las locuras que hice: grité, palmoteé, lloré, brinqué en el asiento y hasta tiré el sombrero por lo alto.

—¡Qué atrocidad! —exclamó Matilde.

—¡Lo que oyes! —respondió Alberto con imperturbable sangre fría—. Acabose la ópera, y aún seguía yo escuchando la voz de aquel ángel. Desocupose el teatro, y ya me hallaba solo, cuando un acomodador tuvo que advertirme que me marchase...

En vez de irme a mi casa me coloqué en la puerta que va al escenario, y esperé allí la salida de la extranjera.

Transcurrido un largo rato, apareció, efectivamente, apoyada en el hombrecito viejo y seguida del joven del albornoz blanco.

A pocos pasos los aguardaba un coche.

Quise seguirlos hasta que subieran a él; pero el joven se detuvo, como si tratara de estorbármelo.

Yo me paré también.

Acercose a mí, y con una voz fría, sosegada, sumamente áspera y de un acento extranjero que desconocí, me dijo:

—Caballero, vivimos muy lejos, y fuera lástima que, después de cansar vuestras manos aplaudiendo, cansaseis vuestros pies espiándonos...

Y sin esperar mi contestación, siguió su camino.

Cuando me recobré y pensé en abofetear a aquel insolente, el carruaje partió a galope.

Visto lo cual, me fui a mi casa con un amor y un odio más dentro del cuerpo.

¿Qué te parece mi aventura?

—¡Deliciosa! —dijo Serafín—. Me encargo de continuarla.

Matilde respiró con placer.

—¿Cómo? ¡Tú vas a continuarla! —exclamó Alberto.

—Sí, señor; creo que vamos a ser rivales.

—¡Hola! ¡Ya te incendias! ¡Amor artístico! ¡Tu Isolina en campaña! Pues, señor, lucharemos.

—En primer lugar —dijo Serafín—, vamos ahora mismo a buscar a José Mazzetti.

—¿Para qué?

—Para que se finja enfermo...

—¡Ah, infame! ¿Quieres acompañar con tu violín los trinos y gorjeos de la beldad?

—Justamente.

—Entonces me doy por vencido —suspiró cómicamente Alberto, mirando a Matilde con adoración—. ¡Tú, con el violín en la mano, te harás aplaudir por la Hija del Cielo, y, hasta llegarás a hacer que se enamore de ti! ¡Verdaderamente, soy desgraciado en amores!

Levantáronse en esto los dos amigos, y se despidieron de Matilde y de su tía, quienes, por la dolencia de ésta, no podían ir al teatro.

—A mi vuelta de la ópera —dijo Alberto a Matilde— te explicaré la colosal empresa que traigo entre manos. Por lo pronto, conténtate con saber que mañana salgo para Cádiz, y pasado mañana para el fin del mundo.

—También te comunicaré yo mis proyectos... —añadió Serafín—. Entretanto, hermana mía, sabe que he venido a Sevilla a despedirme de ti...

Matilde lloraba.

V. Elocuencia de un violín

Todo se arregló a gusto de Serafín Arellano. José Mazzetti se fingió enfermo, y escribió al empresario diciéndole que su compañero, el ilustre vascongado, dirigía la orquesta aquella noche; y el empresario, que conocía a Serafín, aceptó el cambio con muchísima satisfacción.

Una hora después ocupaba nuestro protagonista el puesto que ambicionaba, y desde el cual se prometía dar un asalto al corazón de la Hija del Cielo.

Excusado es decir al lector que Serafín, desde que entró en el teatro, no dejó de buscar con la vista a los dos rubios que, según Alberto, solían acompañar a la desconocida.

Violos, al fin, en un palco y en la misma posición que aquél refirió: el enano viejo en la delantera, y el joven del albornoz blanco medio oculto en la sombra.

Alberto se revolvía impaciente en un palco bajo del proscenio, acompañado de cierto personaje oculto en una semioscuridad, y el cual no era otro que José Mazzetti. ¿Cómo había de renunciar el italiano a escuchar por segunda vez a la inspirada artista?

Sin más incidentes que nos importen, empezó la ópera.

La música agitó sus alas y llenó el espacio de aquellas religiosas armonías que, al principio de la introducción de la Norma, envuelven al auditorio en mística pavura. Luego, con ese tímido encanto peculiar de Bellini, fueron desprendiéndose de aquellas sagradas tinieblas unos acentos puros y llenos de gracia, como de la lobreguez de la selva encantada brotan sílfides vaporosas... Y así transcurrieron las tres escenas que preceden a la salida de Norma.

Serafín, que se sabía de memoria toda la ópera, miraba al palco de los dos rubios, cual si lo atrajese una serpiente, cuando de pronto... (¡Oh! Lo diré como un maestro de novelas lo ha dicho hace poco tiempo): «Pasó por los aires una cosa dulce, suave, vagarosa; era un vapor, una melodía, algo más divino aún...».

Era la voz de la Hija del Cielo.

Turbado, estremecido..., nuestro joven fijó los ojos en el escenario.

Aquella voz, cuyo timbre mágico nunca había oído ni esperado oír de garganta humana, acababa de fijar su destino sobre la tierra.

Y, sin embargo, seguía tocando el violín como lo hiciera un sonámbulo...

Cuando se reportó de aquella emoción suprema y pudo contemplar la hermosura de la Hija del Cielo, quedose deslumbrado, electrizado, atónito...

Personificad en una joven que parecía tener dieciocho años todos los delirios del último pensamiento de Weber: fingid una belleza ideal, indefinible, como las que persigue la poesía alemana entre las brumas del Norte, a la luz de la Luna: cread una figura suave, blanca, luminosa, como un ángel descendido del cielo, y tendréis apenas idea de la mujer que cantaba la Norma.

Era un poco alta. Sus cabellos rizados parecían copiosa lluvia de oro al caer de su nacarada frente a sus torneados hombros. A la sombra de largas pestañas, oscuras como las cejas, dormían unos ojos melancólicos, soñadores, dulcísimos, azules como el cielo de Andalucía. La nieve de sus mejillas, animada de un ligero color de rosa, hacía resaltar el vivo carmín de sus labios, como entre el carmín de sus labios resaltaban sus blancos y puros dientes, que parecían menudas gotas de hielo. Su talle, donde florecían todas las gracias de la juventud; el ropaje de Norma y la nube de armonía que la rodeaba, completaban aquella figura celestial, purísima, fascinadora.

Serafín seguía extático: sintió que el corazón le temblaba en el pecho, y, volviéndose hacia el palco de su amigo, le dijo con una mirada fulgurante: «Estoy enamorado para siempre».

Alberto palmoteaba aún desde la aparición de la desconocida.

¡Qué dicha para Serafín Arellano! ¡Ir sosteniendo con los acordes de su violín aquella voz de ángel, cuando tornaba al cielo de donde procedía! ¡Derrumbarse con ella cuando bajaba de las alturas! ¡Respirar o contener el aliento según que ella cantaba o respiraba! ¡Estar allí, sujetándola al influjo de su arco, mirando por aquellos ojos, obedecido por aquella voz!

Pronto, como no podía menos de suceder, conoció la joven el maravilloso mérito del nuevo violinista; pronto también se estableció una corriente simpática entre aquellas dos voces, la de la hermosa y la del célico instrumento, para ayudarse mutuamente, para fundirse en una sola, para caer unidas sobre aquel público arrobado, enloquecido; pronto, en fin, ella se complació en buscar con los ojos al gallardo músico, como el músico había buscado el alma de ella con los acentos de su violín.

Y entonces debió ver la mujer misteriosa todo el efecto que producía en nuestro héroe, quien, agobiado, subyugado, loco, la abrasaba con sus grandes ojos negros, radiante de genio la noble frente, entreabiertos los labios por una inefable sonrisa.

Terminaba la sublime aria Casta diva, y el joven aprovechó un momento en que ella le miraba, para decirle, con su alma asomada a sus ojos, todo lo que pasaba en su corazón...

Pero le pareció poco.

Estaba inspirado y se atrevió.

Por un prodigio de arte, sin abandonar aquella voz que volaba sobre su cabeza, le dijo a la beldad con sus ardientes miradas:

—¡Escucha!

Y ejecutó en el violín un paso distinto del que está escrito en la ópera; dio a aquella improvisación todo el frenesí de su locura, hízola vibrar como un grito delirante de adoración, y fue a recoger el último suspiro de la Hija del Cielo terminando la cadencia de Bellini.

El público aplaudió a su vez a Serafín.

Ella comprendió toda la elocuencia de aquella difícil variante; vio la inspiración en la frente del joven; adivinó su alma, y lo miró de un modo tan intenso, tan deslumbrador, que Serafín Arellano se puso de pie y arrancó mil aplausos con su violín.

Ya no era el director de orquesta: era el eco de la tiple, la mitad de su canto, su canto mismo.

La desconocida, arrebatada por aquel acceso de lirismo sublime, de extraordinaria inspiración, de artística demencia, comunicó a su voz una emoción tan extraña, un timbre tan apasionado, que Serafín sintió que el corazón se le dilataba en el pecho y que las lágrimas asomaban a sus ojos...

Los espectadores, frenéticos de entusiasmo, comprendían demasiado lo que experimentaban aquellos dos genios que se habían encontrado frente a frente, y recogían la lluvia de perlas que saltaban al choque de aquellas

31

dos cascadas de armonía, temblando, llorando y oprimiendo su pecho por no soltar los gritos de su admiración.

¡Era una cosa nunca vista, jamás oída: era ese apogeo de gozo, esa plenitud de poesía, ese transporte divino, ese éxtasis profético, que en la tierra se llama visión y en el cielo bienaventuranza!

La joven vio llorar a Serafín, y sonriendo dulcemente, y envolviéndolo en un ademán de arrobamiento, de ternura, de gratitud, señaló a sus lágrimas, tendiendo la mano a ellas, como si quisiese recogerlas o enjugarlas.

Era para morirse; para volverse loco de veras...

¡Ni el violín tenía ya frases con que responder a la desconocida, ni la mirada expresión más culminante!...

¡Si Serafín hubiera cantado!

Norma abandonó la escena, y volvió; y, al fin, entre una tempestad de sonidos, se cantó el brillante terceto: «Oh, di qual sea tu vittima!...», y concluyó el acto.

Serafín cayó desplomado en su asiento, como si lo arrojaran de la Gloria.

VI. Cuarteto de celosos

No bien cayó el telón, salió Alberto de su palco en busca de Serafín.

Serafín subía ya la escalera en busca de Alberto.

Encontráronse, por consiguiente.

El músico se estremeció al estrechar la mano de su amigo: sintió en su corazón cierta cosa amarga y corrosiva, y tuvo que hacer un esfuerzo para sonreír.

Y era que recordaba que su amigo estaba también enamorado de la Hija del Cielo...

Serafín tenía ya celos de este amor.

—¡Tengo celos! —dijo Alberto a su vez, como más expansivo que era.

—Hermano mío —respondió Serafín—. ¡La mitad de mi vida por hablar con esa mujer! ¡La vida menos un instante, con tal que en ese instante me diga que me ama! ¡Oh! ya he encontrado realizada la ilusión de toda mi existencia, la mujer que había buscado siempre, mi sueño de artista, mi gloria, mi porvenir, mi destino, ¡todo, todo!

—¡Ya la amas!

—¡Ya! ¡No, amigo mío! La amo hace diez años; la amo desde que nací; la había adivinado antes de verla; vivía adorándola; la he visto, y siento lo que nunca he sentido, lo que me hace hombre, lo que me da corazón, lo que me constituye artista. ¡Amo! ¡Amo a esa mujer!

—Pues bien —respondió Alberto—; ella, mal que me pese, ha conocido que pensabas de ese modo... Tú eres... ¡Vamos! no te engrías, que ya no te lo digo. En fin: yo soy el que debe tener unos celos rabiosos y terribles.

—¡Alberto!

—¡Serafín! ¡Qué diablo! ¡No vengo a reconvenirte porque le hayas agradado más que yo! En medio de todo, su fallo es justo. Además, tú sabes que mi corazón sólo palpita y puede palpitar por otra mujer... de cuyo amor también me has privado... Pero es el caso que hay un hombre que tiene más celos que nosotros dos.

—¿Quién? ¿Mazzetti?

—También los tiene; pero son celos artísticos, celos de tu violín y de tu ovación de esta noche. No se trata de él.

—Pues ¿de quién?

—De aquel fantasma...

Y Alberto señaló al joven del albornoz blanco, cuyo palco veían desde una galería por la puerta entreabierta de otro.

—Todo el acto te ha estado mirando: ha avanzado a la delantera contra su costumbre, y ha tenido clavados en ti unos ojos muy capaces, no de petrificar como los de Medusa, sino de helar la sangre en las venas como el viento del Polo.

—¡Es menester aclarar el misterio de esa familia; averiguar qué relación tiene ese hombre con la Hija del Cielo! —dijo Serafín después de un momento de reflexión.

—Te advierto —replicó su amigo— que ésta es la última noche que canta nuestra diosa.

—¿Cómo? Pues ¿no estaba anunciado que cantaría mañana La Sonámbula?

—Te digo que mañana parte de Sevilla.

—¿Para dónde?

—Creo que va a Madrid.

—¿Quién te lo ha dicho?

—Se susurraba por esos corredores...

—¿Dónde vive aquí? ¿Dónde se hospeda?

—Sólo lo sabe el empresario, quien le ha prometido no decirlo a nadie para ahorrarle las impertinencias de los entusiastas como nosotros...

—¡Voto va!...

En este momento sonó la campanilla, avisando a la orquesta que iba a empezar el acto segundo.

—A la salida del teatro hablaremos —dijo Serafín—. Espérame con Mazzetti. Esta noche hemos de saber quién es ese joven del albornoz blanco.

—Convenido —respondió Alberto.

Y se dirigió a su palco, mientras el músico volvía a ingresar en la orquesta.

VII. El final de Norma

Alzose el telón y apareció la desconocida.

Serafín miró al palco de los personajes misteriosos y no los halló en él.

Volvió los ojos al escenario, y sorprendió una mirada que le dirigía la Hija del Cielo.

Ya sabéis el magnífico argumento de la primera escena del segundo acto.

Norma, la impura sacerdotisa, va a matar a sus hijos para borrar las huellas de su sacrílego amor.

Allí hubierais visto a aquella mujer, tan hermosa e inspirada, interpretar los tenebrosos pensamientos de la celosa druida con un canto alternativamente lúgubre, tierno y salvaje lanzado de un pecho convulso por unos labios crispados, cual si fuera la estatua viva de la implacable Medea.

El público, poseído del horror de la situación, estaba tan mudo, tan atento, tan inmóvil, que se hubiera sentido la caída de una hoja en medio de aquellos mil espectadores sobrecogidos de espanto.

Pero cuando el corazón de la madre respondió al grito de la Naturaleza, que le hablaba con los suspiros de sus hijos; cuando la garganta de aquella mujer moduló el divino acento de amor a los pedazos de su alma y de horror al crimen que había concebido; cuando aquel rostro airado y convulso se dilató con la ternura maternal y se iluminó con la llama de la virtud; cuando la Hija del Cielo, en fin, arrojó el puñal infanticida... entonces estremeció el teatro un murmullo universal, un aplauso unánime, una detonación de vivas y bravos que ensordeció el aire por mucho tiempo.

¿Para qué os he de cansar con la relación de todas las maravillosas dotes que desplegó aquella mujer y de todas las emociones que experimentó Serafín?

Sólo os hablaré del final de la ópera.

La Hija del Cielo comprendía demasiado todas las bellezas de aquellos últimos cantos de Norma, en que el amor a un hombre se sobrepone al amor a la vida, al amor maternal, a todo sentimiento humano...; y así fue que, elevándose a una inspiración verdaderamente sublime, hizo sentir al público dolores y delicias inexplicables.

Serafín no estaba en el mundo. Flotaba en el empíreo como aquellos cantos, y navegaba al propio tiempo en un mar de infinita melancolía.

Dábase cuenta, en medio de su locura, de que aquella sala, llena de los acentos de un ángel, iba a quedarse muda, de que Norma iba a morir, de que la ópera terminaba, de que el encanto iba a romperse; y oía ya a la hermosa como se oye el quejido de un recuerdo: en el fondo del alma... Seguía tocando el violín; pero maquinalmente, como un autómata, como un sonámbulo.

En cuanto a ella, no apartaba sus azules ojos de los negros del artista... Le decía ¡adiós! en todas las notas que articulaba; ¡adiós! le repetía su rostro contristado; ¡adiós! clamaban sus manos cruzadas con desesperación... En lugar de despedirse de la vida, parecía que Norma se despedía de Serafín.

Después fue extinguiéndose aquella lámpara de plata, desvaneciéndose aquel sueño de gloria, borrándose aquel meteoro, evaporándose aquel aroma, alejándose aquella nave, doblándose aquella flor, muriendo aquel sonido...

Y cayó el telón, como es costumbre en todos los teatros del mundo.

VIII. Las pistolas de Alberto se divorcian

Media hora después, a las doce menos cuarto de la noche, hallábanse nuestros amigos Serafín, Alberto y José Mazzetti en la puerta del vestuario del teatro, esperando la salida de los extranjeros.

—¡No quiero un escándalo! —decía Serafín.

—Lo mataremos sottovoce —replicó Alberto.

—¡No quiero que los matemos, ni que proyectéis cosa alguna de que pueda enterarse ella!...

—Pues ¿qué quieres?

—Hablar con ese hombre.

—Tú no debes hablarle... —propuso Mazzetti—. La guerra ha de ser guerra. Es tu rival, y no debes ofrecerle parlamento.

—Hay un medio... —dijo Alberto embozándose hasta los ojos.

—¿Cuál?

—El siguiente. ¿Qué quieres tú evitar?

—Que ella forme mala idea de mí viendo que provoco un lance por su causa...

—¡Aprobado! Pero, como yo no soy tú; como esos rubios ignoran mi amistad contigo, y, finalmente, como yo soy dueño de mis acciones, resulta que lo que en ti es de mal tono, en mí es muy entonado. Por consiguiente, yo seré quien busque a tu rival: le hablaré, y, si es necesario, le romperé la crisma... ¡Diablo!

¡Vaya si se la romperé!

—¡Qué locura!

—Aunque lo sea. Vete a casa. Tú, Mazzetti, sígueme.

—Pero...

—¡No hay palabra!... Tú tienes una hermana en quien pensar, y yo no tengo a nadie en el mundo.

—Mas...

—He dicho.

Serafín, que conocía el carácter tenaz de Alberto, se conformó en parte con su plan, lógico y acertado hasta cierto punto.

Pero no por esto se retiró a su casa.

Despidiose de sus amigos; anduvo algunos pasos, y se apostó en una puerta a fin de espiar a los espías.

Alberto, escarmentado ya con lo ocurrido la noche anterior, tenía preparado un carruaje, en el cual entró con Mazzetti.

—¡Desde aquí observaremos sin ser vistos! —murmuró, bajando los cristales.

Entonces se adelantó Serafín cautelosamente; llegó por el lado opuesto cerca del pescante del coche, y dio al cochero un duro, diciéndole:

—Déjame sitio en que sentarme: yo empuñaré las riendas y tú harás el papel de lacayo.

El cochero aceptó sin vacilar.

La carretela de la Hija del Cielo se hallaba a pocos pasos.

La emboscada era completa.

Pocos minutos habían transcurrido, cuando la joven y sus acompañantes salieron del teatro y montaron en su carretela, que partió al trote.

El carruaje que ocupaban los tres amigos salió en su seguimiento.

Cruzaron calles y plazas, y más plazas y más calles, andando y desandando un mismo camino, hasta que al fin abandonaron la ciudad.

—¡Diablo! —murmuró Alberto.

—Vivirán a bordo de algún buque... —dijo José Mazzetti.

Llegaron al Guadalquivir.

El coche de la desconocida se detuvo en la orilla misma del agua.

Nuestros jóvenes vieron, al fulgor de la Luna, que una góndola lujosísima se adelantaba río arriba con dirección a aquel punto.

El carruaje de Alberto se había parado a veinte o treinta pasos de distancia.

Serafín se deslizó del pescante y se ocultó detrás de un árbol.

Alberto dijo a Mazzetti que lo aguardase dentro del coche; examinó sus pistolas y se adelantó hacia el río.

La góndola había atracado.

El hombre de edad ayudó a bajar de la carretela a la Hija del Cielo, y le dio la mano hasta el embarcadero próximo.

El joven del albornoz blanco no se apeó.

Alberto se colocó al lado de la portezuela.

No bien se embarcaron el anciano y la joven, bogó la góndola a favor de la corriente, y pronto desapareció por debajo del puente de Triana.

Entonces se abrió la carretela y bajó el aborrecido extranjero.

—¡Dos palabras! —dijo Alberto en francés, cerrándole el paso.

—He dejado de embarcarme con tal de oírlas... —respondió el desconocido con la mayor calma.

—Alejémonos de estos carruajes.

—Como gustéis.

Los dos jóvenes marcharon cinco minutos por la margen arriba.

—Aquí estamos bien... —dijo Alberto.

El del albornoz blanco se detuvo.

—Me seguíais... —pronunció con absoluta tranquilidad.

—¡Os eché mano al fin! —replicó Alberto con voz alterada.

—Eso lo veremos. Hablad —añadió el hombre misterioso.

Nuestro amigo lo contempló un momento a la luz de la Luna.

El desconocido era alto, delgado, pálido, extremadamente rubio, de mirada glacial y sonrisa irónica: un hombre, en fin, cuyo aspecto desconcertaba y causaba espeluznos.

—¿Tenéis armas? —preguntó Alberto.

—¡No! —respondió el joven rubio.

—¡Yo sí! —repuso el amigo de nuestro héroe.

Y sacó de sus bolsillos dos pistolas, que dejó en el suelo.

Su interlocutor permaneció impasible.

—¿Quién sois? —le interrogó Alberto, echando fuego por los ojos.

—¿Qué os importa? —respondió el extranjero.

—¡Mucho; porque os odio!

El joven del albornoz blanco acentuó más su sonrisa.

—¿Qué me importa? —replicó después de un momento.

—Pero ¿me reconocéis?

—Sí que os reconozco: sois un empleado del Teatro Principal de Sevilla, y vuestro oficio es aplaudir y dar voces.

—¡Exactamente! —respondió Alberto, poniéndose cada vez más pálido—. ¿Sabréis también que amo a la Hija del Cielo?

—Lo sospechaba.

—Y tenéis celos, ¿no es verdad?

—A mi modo.

—Y ¿qué os autoriza a tenerlos, de cualquier clase que sean? ¿Sois su esposo? ¿Sois su amante?

—Suponed que soy una de ambas cosas.

—¡Matémonos entonces! —repuso Alberto cogiendo una pistola y designando la otra al desconocido.

—Matadme... —dijo éste.

Y se cruzó de brazos.

—Yo no asesino a nadie: ¡defendeos!

—¿Queréis un duelo?

—Sí.

—Lo admito —contestó el extranjero con voz imperturbable.

—Pues concluyamos...

—No puede ser ahora.

—¿Cómo? ¿Por qué?

—Porque a mí no me conviene batirme cuando os conviene a vos.

—¡Magnífico, señor mío! ¿Qué entendéis vos por duelo?

—Comprendo lo que es un desafío, y ya he aceptado el vuestro; pero no me batiré a vuestro antojo.

Y así diciendo, arrojó al río la pistola que le ofrecía Alberto.

Éste principió a desconcertarse.

—¿Preferís otras armas? —exclamó—. ¿Preferís el sable, el florete, la espada?... ¡A mí me es igual todo!

—Prefiero la pistola... dentro de un año.

—¡Un año!

—Ni más ni menos.

—¿Para qué? ¿Para adiestraros a manejarla?

—Tiro perfectamente... —contestó el desconocido—. Si no temiera atraer a la policía, desde aquí troncharía de un balazo aquel arbusto de la ribera.

—Pues entonces...

—No os canséis, ni atribuyáis mi aplazamiento a cobardía. Dentro de un año, en este día, a esta hora, en este sitio, nos batiremos. Antes de ese plazo... sería una locura en mí.

—¿Por qué?

—Porque hace años que trabajo en una empresa cuyos felices resultados tocaré pronto, y no quiero exponerme a morir sin conocer esa felicidad.

—Pero...

—¡Basta! —exclamó el desconocido con voz más grave que la que empleara hasta entonces—. Es cuanto tengo que deciros. Me despido de vos hasta dentro de un año. Si queréis herirme por la espalda, podéis hacerlo.

Y envolviéndose en su albornoz, saludó al joven, dio media vuelta y echó a andar hacia el puente de Triana.

Ya se habría alejado quince pasos, cuando Alberto salió de su asombro.

Cogió del suelo la pistola y se dispuso a seguir al desconocido.

Una mano se apoderó de la suya, y una voz gritó detrás de él:

—¡Detente!

Alberto se volvió sorprendido.

IX. ¡Adiós!

Era Serafín.

—Lo he oído todo... —añadió éste con amargura.

—Pues ¿dónde estabas?

—Detrás de esos árboles.

—¡Buen susto me has dado! —exclamó Alberto, reponiéndose de su asombro.

—En fin

—En fin... ¡Que se me escapa! Déjame...

—¡Déjalo tú!

—¿Cómo?

—¿Qué vas a hacer? ¿Asesinarlo?

—¡No, señor! ¡Obligarlo a batirse!

—Es inútil: ese hombre debe de ser inglés, y no saldrá nunca de su paso.

—¡Diablo! —gritó Alberto—. ¡Te juro por mi alma que, o dentro de un año lo he tendido a esta hora sobre esos juncos, o yo he dejado de existir!

—Sí; pero entretanto... —murmuró Serafín.

Y no concluyó la frase.

—Entretanto —dijo Alberto— debes seguirla adonde quiera que vaya.

—¿Con qué recursos?

—¡Con tres millones que me quedan! ¡Mañana vendo todas mis fincas!

—Fuera en vano... Resignémonos... Mañana se va ella a Madrid, según dicen, y nosotros saldremos para Cádiz, desde donde tú te embarcarás para el Polo y yo para Italia...

—¿Renuncias a ese ángel?

—No quiero luchar con el destino. Esa mujer tan hermosa debe de tener dueño... ¿Quién sabe? ¡Acaso es su esposo uno de los dos que la acompañan! ¿A qué empeñarnos en hacerme más infeliz? Además: ya he escrito a Italia, y me esperan... Tú sabes que mi viaje no es de puro recreo. De él depende mi suerte, y, por consiguiente, la de mi familia...

En fin: me temo a mí mismo... ¡Mejor es que huya de esa mujer!

—Como quieras, Serafín; pero yo... ¡la sigo hasta el fin del mundo!

—¡Norma! —murmuró el músico.

—¿Me acompañas?

Serafín abrazó a su amigo por toda contestación.

—¡Magnífico! —exclamó Alberto—. Pues señor; empecemos nuestras operaciones.

—¿De qué modo?

—Ven conmigo.

Anduvieron unos cien pasos, y llegaron frente al coche que los había traído.

—¿Y Mazzetti? —dijo Serafín.

—Se habrá dormido ahí dentro... —respondió su amigo, que conocía la calma del italiano.

Bajaron al río.

—Mas ¿dónde vamos? —decía el músico.

—Dentro de poco lo sabré yo mismo —respondió Alberto.

En esto llegaron al muelle, donde varios marineros dormían al lado de sus barcas.

Alberto gritó varias veces:

—¡Paco! ¡Paco!

Un joven acudió, restregándose los ojos.

—¡Hola, señorito! —exclamó al ver a Alberto.

—Dime: ¿de qué embarcación es una góndola muy ataviada que acabo de ver allá arriba?

—De un vaporcito noruego que llegó hace tres días —respondió el marinero.

—¡Justo! —dijo Alberto—. Y ¿sabes cuándo parte de Sevilla?

—Cabalmente, cuando su merced llegó no había hecho yo más que acostarme por haberme entretenido en verlo partir.

—¡Cómo!

—¡Sí, señor! No hace cinco minutos que levó anclas... ¡Mire su merced el humo todavía! ¡Bien corre el enanillo!

Serafín se apartó, murmurando un juramento terrible.

—¡Necesito darle alcance! —gritó Alberto.

—¡Imposible! —replicó el marinero—. ¿Quién alcanza a un vapor con velas y favorecido por la corriente?

—¡Basta! —exclamó Serafín con voz sorda y decidida.

Alberto dio una moneda al marinero, y siguió a su amigo sin pronunciar palabra.

Llegaron adonde les esperaba el coche, y se encontraron con Mazzetti, que los buscaba alarmado.

—¿Qué hay? —preguntó, después de extrañar mucho ver allí a Serafín.

—¡Nada! —dijo éste.

—¡Buen rato me habéis dado! ¡Figuraos que hace media hora vi, venir al joven del albornoz blanco, solo y muy deprisa: llegó a aquel punto de la orilla; se quitó el albornoz; lo tiró lejos de sí, como quien tira el sobre de una carta, y se arrojó al río!

—¿Qué dices? ¿Se ha suicidado? —exclamó Serafín saliendo de su estupor.

—¡Nada de eso! Empezó a nadar como un pez, y desapareció por un ojo del puente.

—¡Ese hombre es el diablo en persona! prorrumpió Alberto.

—¡Lo habrás evocado con tu exclamación favorita! —replicó Mazzetti.

—Vámonos... —dijo Serafín.

—Pero contádmelo todo... —añadió el italiano.

—¡Total... nada! —respondió Alberto.

—Matilde nos está esperando... —observó el músico.

—¡Vamos, vamos! —repitió Alberto, recobrando el buen humor a esta sola idea.

Entraron en el coche, despidiéronse de Mazzetti, a quien dejaron en su casa, y llegaron a la de Matilde.

Ésta los aguardaba, en efecto.

Sus ojos estaban hinchados y encendidos.

—¡Ha llorado! —pensó Serafín.

—Mucho sueño tienes... —dijo Alberto.

—Te enteraré de todo en dos palabras... —añadió aquél, temiendo alguna imprudencia de su amigo.

—¡Te lo diré yo en una! —exclamó éste—. Serafín ama a la Hija del Cielo, yo se la he cedido; la tal diosa acaba de escapársenos y tú eres más hermosa que ella y que todas las mujeres juntas.

Matilde radió de gozo, como la Luna cuando sale de entre las nubes.

—¡Norma! —balbuceó Serafín.

—¡Qué diablo! ¡No pensemos en eso! Se ha ido... ¡Pues paciencia! ¡Figúrate que la has soñado! Tú también te vas; yo también me voy, y todos nos olvidaremos unos a otros, según costumbre entre los mejores amigos. ¿No es verdad, Matilde?

—Pero, ¿adónde vais? —preguntó ésta.

—Yo a Italia —dijo Serafín—. He venido a Sevilla a despedirme de ti y de mi buena tía.

—¡A Italia! —exclamó Matilde.

—No te asombres... —dijo Alberto—. Italia está detrás de la puerta. Pero yo... ¡yo voy al Polo!

—¡Al Polo!

—Como lo oyes... —afirmó Serafín.

—¡Vas a perecer, desventurado! Matilde con verdadero terror.

—Y bien —replicó Alberto—: ¿a ti qué te importa? ¿No estás ya casada? Y, a propósito, dime: ¿cómo se llama tu marido?

Matilde miró a Serafín.

—¡El demonio eres! —interrumpió el músico dirigiéndose a Alberto—. ¡Hablas de mil cosas a un tiempo!

Y pellizcándole un brazo, le recordó su promesa de dejar en paz a Matilde.

Esta se retiró a su cuarto, pues ya eran las dos, y dijo que quería madrugar para despedir a los dos jóvenes...

Pero no se acostó.

Por la mañana había al lado de su escritorio más de veinte pliegos de papel hechos menudos pedazos.

Eran otras tantas cartas escritas y rotas durante aquella velada.

Todos estos ensayos dieron por resultado un billetito, que introdujo en la mano de Alberto al darle los buenos días.

El sobre decía: «No lo leas hasta después de partir».

Matilde estaba más colorada que una cereza.

Alberto volvió a sentir en su corazón cierto latido que ya conocía; latido muy intermitente, que sólo había percibido tres o cuatro veces en su vida, y siempre cerca de Matilde; pero latido muy profundo, pues que procedía de un verdadero amor.

Del verdadero amor, tesoro escondido en el corazón de Alberto entre frivolidades y caprichos; amor tan virgen como el oculto venero de que no ha bebido ningún labio; amor pronto a desbordarse en cualquier hora, como acababa de suceder con las pasiones de Serafín.

A todo esto eran las seis y media.

El Rápido partía a las siete.

Alberto y Serafín se despidieron de la anciana, y bajaron la escalera acompañados de Matilde.

En el portal se abrazaron tiernamente.

—¡Adiós! —dijo Serafín.

—¡Adiós! —murmuró Matilde anegada en lágrimas.

—¡Adiós! ¡Te amo! —balbuceó Alberto al oído de Matilde.

—¡Adiós, Alberto! —exclamó Matilde, refugiándose nuevamente en los brazos de su hermano, quien la besó en la frente.

—¡Adiós! —volvieron a decir los tres.

Y se separaron, por último, despidiéndose luego con los pañuelos agitados en el aire, los cuales siguieron diciendo todavía mucho rato, o sea hasta que los dos mancebos doblaron la esquina:

—¡Adiós! ¡Adiós! ¡Adiós!

Alberto besaba al mismo tiempo la carta de Matilde.

X. Éste para Laponia, y éste para Italia; éste para Italia, y éste para Laponia

¡Allá van nuestros amigos!... Miradlos sobre cubierta. ¿Los veis?

¡Ah! Ya no es tiempo de que los veáis...

El Rápido acaba de doblar una colina.

Sólo se percibe ya una columna de humo.

El humo se disipa a su vez.

¡Buen viaje!

En efecto: Alberto y Serafín volaban río abajo en alas del vapor.

No bien desapareció a sus ojos la última torre de Sevilla, arrojaron los dos un hondo suspiro y bajaron a la cámara de popa.

Allí se sentaron uno enfrente de otro; apoyaron los codo en la mesa redonda; dejaron caer la cabeza sobre las manos, y se pusieron a reflexionar.

Alberto había leído la carta de Matilde.

Decía así:

«Alberto:

»Antes de seguir leyendo, júrame continuar tu viaje como si no hubieras recibido esta carta.»

—¡Lo juro! —pensó el joven.

Y prosiguió la lectura.

«Te amo. Una palabra más, y concluyo: Matilde Arellano no faltará nunca a sus deberes de esposa.»

—¡Ómnibus llenos de diablos! —exclamó Alberto para sí.

Y aquí comenzaron sus reflexiones.

—¡Me ama! —decía—. ¡Yo también la amo! ¡Me ama, y me lo dice! Yo se lo he dicho también. ¡Pero nunca faltará a sus deberes de esposa!... Entonces, ¿para qué me ama?

Y, sobre todo, ¿para qué me lo dice? ¡Me ama!... ¡Pues es verdad! ¡Necio de mí, que no lo había conocido! ¡Yo, que la adoro! ¡Yo, que siempre la miré de un modo distinto que a las demás mujeres! ¡Yo, que sería feliz a su lado! ¡Yo..., que me voy al Polo! Y ¿qué he de hacer si está casada? Por otra parte, Serafín es más que amigo mío... ¡Es mi hermano! ¡Oh! ¡Tengo que sacrificarme como ella! ¡Tengo que vivir como Tántalo! ¡Tengo que morir sin ser dichoso, sabiendo dónde está la dicha! ¡Ah! ¡Matilde! ¡Matilde! ¿Por qué me has dicho que me amas? ¡Esta confesión tuya me ha quitado el buen humor para siempre!

Y Alberto se buscaba unos cabellos que no tenía, deseando arrancárselos al grito de:

—¡Diablo! ¡Diablísimo! ¡Mil veces diablo!

Por lo que hace a Serafín, he aquí sus pensamientos:

—¡Norma! ¡Norma!... ¡Perdida para siempre!... ¡Y ese joven que va a su lado será su esposo o su amante, pues que tiene celos! ¡Y yo, que era ayer tan feliz porque había reunido 20.000 reales para realizar la ilusión de toda mi vida, mi viaje a Italia, soy hoy tan desdichado, que en el momento de partir me vuelvo loco por una mujer que viene... yo no sé de dónde y va yo no sé a qué parte! ¡Ah! ¡La he perdido para siempre!... ¡Ah! ¡La he perdido para siempre!... ¡Para siempre!

Llegaron a Cádiz.

La primera operación de nuestros amigos fue recorrer todo el muelle, a ver si divisaban en el puerto el vaporcito que salió de Sevilla a media noche llevándose a la Hija del cielo. No sólo no estaba allí, sino que, haciendo averiguaciones, supieron por unos marineros que el vaporcito había llegado a las once de la mañana, permanecido una hora o dos en el puerto y partido enseguida hacia el Estrecho de Gibraltar.

—¡Va por tu mismo camino! —dijo Alberto a Serafín.

Éste no hablaba palabra, ni hacía más que oír y suspirar.

—Dime... —continuó Alberto, dirigiéndose al marinero—: ¿cuál es un bergantín sueco que sale mañana para Laponia?

—¡Aquél! —respondió el marinero, señalando un barco estrecho y de forma rara, con apariencias de muy velero, que estaba ya en franquía.

—¿A qué hora parte?

—Esta noche a las ocho.

—¡Esta noche!

—Sí, señor.

—¡Oh! No hay tiempo que perder... Supongo que sabrás dónde se despachan billetes.

—En ninguna parte.

—¿Cómo?

—Lo que oye usted. Ese buque no es mercante, sino de un viajero ruso, según dicen. Un barco de recreo, en una palabra.

—¡He aquí mi plan echado a tierra! —exclamó Alberto.

—¿Qué es eso? —preguntó Serafín—. ¡Poca cosa! Que ya no tengo barco en que ir al Polo. ¡Diablo! ¿Cuándo volverá a presentársele ocasión como ésta?

—Hay un medio de arreglarlo todo... —dijo el hombre de mar.

—¡Cueste lo que cueste! —se apresuró a responder Alberto.

—¿Dónde vive usted?

—Calle de Cobos, núm... —dijo Serafín, dando las señas de su casa.

—¿Es usted rico?

—¡Cueste lo que cueste! —repitió Alberto.

—Entiendo, señorito; descuide usted en mí.

Son las cuatro de la tarde... A las siete tendrá usted en su casa un pasaje en ese barco.

—¡Eres un héroe! —exclamó Alberto.

El marino se despidió de los jóvenes.

—Espera... —dijo entonces Serafín.

El barquero volvió con la gorra en la mano.

—Necesito un pasaje para Italia.

—¿Para cuándo?

—¡Al momento! El marinero reflexionó.

—¿Quiere usted salir esta noche?

—Me alegraría... —interrumpió Alberto—. Así partiríamos a la misma hora.

—Sea, pues, esta noche —repuso Serafín.

—¿Vive usted con el caballero?

—Sí; calle de Cobos. Pero es el señor quien vive conmigo... Pregunta por mí.

—Corriente. Tendrán ustedes los dos pasajes para la misma hora, pues hay en el puerto un bergantín francés que sale también a la oración con cargamento para Venecia.

Hizo el marinero otra cortesía, y se alejó sacudiendo los dedos.

Pero no habían andado cuatro pasos nuestro amigos, cuando oyeron gritar:

—¿Y los nombres? ¡Necesito los nombres para sacar los billetes!

Los jóvenes dieron sus tarjetas.

El marinero se alejó mirándolos, y diciendo sin cesar para que no se le olvidase:

—Éste para Italia, y éste para Laponia; éste para Laponia, y éste para Italia.

XI. Hazañas póstumas de Noé

La casa número tantos de la calle de Cobos, habitación de Serafín, y provisionalmente de Alberto, era una especie de fonda.

Los dos amigos se dirigieron a ella mustios y cabizbajos.

—¿En qué pasamos el tiempo? —preguntó Serafín.

—¿Qué hora es? —interrogó Alberto.

—Las cuatro y media. Dentro de tres horas traerá ese hombre los billetes, y a las ocho partiremos...

—Es decir, que tenemos a nuestra disposición tres horas mortales.

—¿En qué las empleamos?

—No sé.

—Ni yo.

—Pues entonces, lo mejor es que comamos y que procuremos alegrarnos un poco.

—¿Cómo alegrarnos?

—Achisparnos, he querido decir.

—¿Para qué?

—Primero, para olvidar a la Hija del Cielo.

—¡Ay! —suspiró el artista.

—Segundo, para olvidar a Matilde.

—¿Y tercero? —se apresuró a preguntar Serafín.

—Para olvidarnos mutuamente.

—¡Es verdad! Necesitamos aturdirnos...

—¡Mozo!

—Señorito... —contestó al momento una voz en la puerta del cuarto.

—¡Hola, Juan!

—¡Pronto ha sido la vuelta, mi amo!

—Y para poco tiempo: esta noche me voy por dos o tres meses. Vas a servirnos una espléndida comida y los mejores vinos que tengas. A las siete vendrá un marinero a buscarnos... Déjalo entrar. Si bebemos demasiado, cuida de que todo nuestro equipaje vaya a bordo; y si ves que es menester acompañarnos...

—¡Magnífico testamento! —exclamó Alberto batiendo las palmas—. Ahora, ¡viva el madera! He aquí mi codicilo.

Dos horas más tarde decía el mismo joven, empuñando una copa de Jerez y mirándola estúpidamente:

—¡Grande hombre fue Noé!

Serafín estaba melancólico.

—Sabrás que amo a Matilde... —murmuró

Alberto, cuya lengua principiaba a turbarse.

—¿Quieres callar? —dijo el músico con acritud.

—¡Que la amo! —replicó el joven—. Pero huyo de ella porque... En fin... ¡Por ti, ingrato! La amo, ¿entiendes?... ¡como no he amado nunca!

—¿Qué me importa? —replicó Serafín, el cual estaba medio aletargado y pensaba únicamente en su desconocida.

—¡Conque no te importa! ¿Y si ella me amase también?

—¡Casaos, y punto concluido! Sí..., ¡esto es!.. Tra... la... la rá... la... rá...

Y Serafín se puso a cantar el final de Norma.

—¡Que me case con ella! —exclamó Alberto, queriendo darse cuenta de lo que oía—. ¿Pues no está casada?

—¡Ja, ja, ja! —exclamó Serafín— ¡Casada! ¡Ja, ja, ja!

Alberto se estremeció al oír esta carcajada.

Aquella risa nerviosa, hija de la exaltación en que se hallaba Serafín desde la noche anterior y de la excitación producida por el vino, tenía algo de loca, y los locos acostumbran a decir la verdad. Gradúese, pues, la angustia con que el adorador de Matilde sacudiría a su amigo, diciéndole:

—¡Serafín, Serafín! Serénate... (¡Diablo! ¡Y es el caso que si ahora no me lo cuenta, se va a Italia sin decírmelo!)

Responde, Serafín:

—¿Es casada?

Serafín se calmó un poco, oyó la pregunta de su amigo, comprendió que había dicho una imprudencia, y respondió humorísticamente:

—Sí, señor... ¡Casada con Polión... o poco menos! Ah! non volerli vittime...

—¡Si no te hablo de Norma! ¡Te hablo de Matilde!

—Del mio fatal errore... —prosiguió cantando Serafín.

—¡Diablo y demonio! —exclamó Alberto—. ¡Ha perdido el juicio! ¡Calla!... ¡Y yo también! —añadió, viendo que se mareaba.

Los dos jóvenes quedaron mirándose de hito en hito, con los codos apoyados en la mesa.

—¡Estamos frescos! —balbuceó Serafín.

—Es decir... —repuso Alberto tartamudeando—, todo lo contrario de frescos.

—¿Te he dicho... algo? —preguntó el primero.

—¿De... qué?

—¡De... nada! —replicó el músico.

Alberto estaba cada vez más confundido.

—Escucha... —añadió Serafín al cabo de un momento, con voz entrecortada por la embriaguez—. Cuando vuelvas del Polo, yo habré vuelto de Italia... ¿Entiendes? Me buscas aquí... en Cádiz, o en Sevilla, o en los infiernos... y hablaremos de mi hermana...

—¡Oh, no bebas más! —gritó Alberto, arrancando una botella de la mano de Serafín. ¡Descíframe el misterio de Matilde!

—¡Nada, nada!... ¡Vete al Polo! Espero que éste sea tu último viaje.

Una duda horrible cruzó por la turbada imaginación de Alberto.

—¿Llora Matilde... algún desengaño? ¡Dimelo, Serafín!

Moriamo insieme,

Ah! si moriamo...

cantó el músico, volviendo a su exaltación.

—¡Eres muy cruel! —exclamó Alberto.

Y desesperado de averiguar la verdad, se bebió otra botella de Jerez.

Quedó imbécil.

Serafín estaba como loco.

En este momento entró Juan con el marinero que le traía los billetes.

Empezó el primero a sacar los equipajes, y el segundo, dirigiéndose a Serafín, dijo:

—Señorito, aquí está el billete para Laponia. Este señor es el encargado de cobrarlo.

Un hombrecillo rubio, colorado y grueso se hallaba, en efecto, en la puerta de la habitación.

—Trae... —dijo Alberto.

—Vale 5.500 reales.

—¡El Leviathan! ¡Bonito nombre, cuñado! —exclamó Serafín.

—Cinco mil quinientos reales... —repitió el marinero—. Y este otro, mil setecientos...

—¡Toma, y calla! —murmuró Juan, ayudando a Alberto y a Serafín a contar aquellas sumas.

El hombrecillo rubio se adelantó y tomó la que le correspondía.

Al ver Serafín a aquel hombre, no pudo menos de estremecerse; pero reparando luego en su actitud vulgar, en sus curtidas manos y en sus crespos cabellos, dijo:

—¡Qué disparate! ¡Pues no me había parecido el oso viejo, o sea el oso mayor que acompañaba a la Hija del Cielo!... El tipo es el mismo...

El hombrecillo partió.

Alberto hablaba con Juan, a quien entregó los billetes y los pasaportes, diciéndole:

—¡Tú respondes de todo!... —¡Nosotros no estamos para nada!... Nosotros estamos por primera vez (guárdame el secreto), como tú habrás estado muchas veces... ¡Ah, pícaro amontillado! ¡Pícara Manzanilla! ¡Pícaro Pedro Jiménez! ¡Pícaros vinos andaluces! ¡Pícaro Serafín! ¡Pícara Matilde! ¡Pícara Hija del Cielo! ¡Pícaro demonio del albornoz blanco!

Eran las siete y media.

—Vamos, señoritos... —dijo el marinero—. No hay tiempo que perder. ¡Buen trabajo me ha costado engañar al Capitán del Leviathan para que admita un pasajero a bordo!

He tenido que decirle que era un emigrado político... Vengan ustedes... Mis botes los llevarán a sus respectivos buques...

Alberto y Serafín no escuchaban al marinero, sino que andaban por el aposento dando traspiés y preparándose para partir con ayuda del mozo de la fonda.

Luego que estuvieron dispuestos, Juan dio el brazo al uno, y el marinero al otro.

Así bajaron a la calle.

Dichosamente les esperaba allí un coche.

Llegaron al muelle.

A lo lejos se distinguían cinco buques dispuestos a hacerse a la vela.

Toda una escuadra de botes y lanchas transportaba viajeros a bordo.

Serafín había fijado la vista en el mar, plateado ya por el crepúsculo...

El movimiento de las olas aumentaba su desvanecimiento.

De pronto lanzó un grito tan espantoso, que Alberto y los mozos lo rodearon asombrados.

—¡Ella!... ¡Norma!... —exclamó el músico, señalando a una góndola que en aquel momento se apartaba de la escalinata del embarcadero.

Alberto miró en aquella dirección y distinguió, en efecto, a la Hija del Cielo, de pie, bajo un pabellón de seda, en la especie de góndola que vimos en Sevilla. A su lado iba el hombre calvo y rubio de pequeña estatura.

Los cuatro marineros que remaban tenían una figura muy parecida a la de éste y a la del hombre que había cobrado a Alberto el billete para Laponia... El joven del albornoz blanco no estaba en la góndola ni en el muelle.

—¡Norma! ¡Norma! —seguía gritando Serafín.

La desconocida agitó su pañuelo.

Serafín, ebrio, loco, fuera de sí, quiso arrojarse al agua para seguirla a nado.

Juan lo detuvo.

La góndola volaba como una gaviota, y poco después desapareció entre las crecientes sombras de la noche.

—¡Ahora sí que la pierdo de veras! —exclamó el artista, cayendo sin conocimiento en los brazos de Juan.

Alberto no sabía dónde estaba.

—¡Vamos! ¡Que son las ocho menos cuarto!... —decía desde su bote el marinero que ya conocemos.

—Vamos... —repetía otro barquero desde el suyo.

—Aquí el de Italia... —exclamaba el primero.

—Aquí el de Laponia... —gritaba el segundo.

—¿Cuál de ellos? —preguntaba muy apurado el mozo de la fonda.

—¡Torpe! —exclamó el marinero, saltando otra vez a tierra—. Éste a Italia, y éste a Laponia; éste a Laponia, y éste a Italia. ¡Eh, Frasquelo! Toma el billete de ese señorito, y dáselo tú mismo al Capitán, que su merced va malo. ¡Aquí, mi amo! ¡Venga su merced conmigo!... ¡A ver! ¡El billete de mi amo!

—Este es... ¡En marcha! ¡Boga!

—¡Adiós, Alberto!

—¡Adiós, Serafín!

Así tartamudearon los dos amigos, bamboleándose al desenredar su último abrazo, después de lo cual volvieron a quedar sin sentido, o sea en la postración absoluta que sigue a los arrebatos de la borrachera.

Los marineros lo dispusieron, pues, todo por sí mismos, repitiendo su frase sacramental:

—Éste a Italia, y éste a Laponia; éste a Laponia, y éste a Italia.

Creemos inútil decir que fue necesario coger en brazos a los dos héroes para embarcarlos en los botes.

Bogaron éstos, y a los pocos segundos se perdieron entre el cielo, el mar y el espacio, que, confundidos en la oscuridad de la noche, formaban ya un inmenso caos de impenetrables tinieblas.

I. Jacoba, nombre de mal gusto

Cuando Serafín comenzó a despertar, no pudo darse cuenta del tiempo que había dormido, ni de dónde se durmió, ni del lugar en que se hallaba...

Volvió, pues, a cerrar los ojos, y, sumergido en el delicioso duermevela que sucede a un profundo letargo, soñó que la tierra tremía dulcemente, o, por mejor decir, se mecía lánguida en el espacio, y que su mágica ondulación le producía un delicioso mareo...

Soñó también que al pie de su cama (porque estaba acostado) había un hombre de pie, inmóvil, silencioso, apartando la cortina con una mano y pellizcándose con la otra el labio inferior...

Este hombre podía tener lo mismo dieciocho que treinta y seis años: tal era la mudez o falta de expresión de su semblante. Vestía una larga túnica celeste, ceñida a su talle esbelto por un cinturón de piel negra, del cual pendía larguísimo puñal, y tenía descubierta la cabeza, coronada de cabellos rojos muy atusados. Su frente era estrecha y alta, su rostro descolorido, y sus ojos de un azul tan claro, que las pupilas se confundían con lo blanco del globo: inútilmente se buscaba en ellos la mirada, esa chispa vital que parte de la inteligencia y del corazón: aquellos ojos veían sin mirar. Una nariz correcta y afilada, unos labios sutiles y desteñidos, crispados siempre por el desdén, unos dientes compactos e incisivos y un ligero bigote, casi blanco a fuerza de ser rubio, completaban aquel rostro apagado como un bosquejo, bello a pesar de todo, y sellado de bravura, de ironía, de impiedad. Réstanos decir que tan singular personaje se parecía muchísimo al joven del albornoz blanco que acompañaba a la Hija del Cielo, y con quien Alberto se había desafiado.

Serafín hizo un movimiento para sacudir tal pesadilla.

La cortina de la cama cayó, y el hombre extraño desapareció tras ella.

Entonces acabó de despertar nuestro héroe.

Es decir, entonces conoció que no estaba dormido.

El entorpecimiento que tomó por soñolencia era mareo; lo que creyó oscilación de la tierra era el movimiento del barco en que se hallaba, y al personaje misterioso... lo tenía realmente ante la vista.

Como era día claro, y halló que estaba vestido, nuestro héroe saltó del lecho.

Su habitación se reducía a una pequeñísima cámara lujosamente amueblada.

El hombre de la túnica azul, que estaba sentado en un diván, se levantó y saludó a Serafín.

Nuestro joven recogió sus ideas, preguntándose dónde había visto aquella fisonomía, y volvió a creer que estaba en presencia del hombre del albornoz blanco, ¡del acompañante de la Hija del Cielo!

Dominó, sin embargo, sus emociones indefinible mezcla de alegría y miedo, y saludó cortésmente al de la túnica.

—¿Estáis mejor? —preguntó éste con acento extranjero, pero en español.

—Gracias... —respondió fríamente Serafín.

—Me siento bien...

—Os advierto —replicó el desconocido— que soy el jarl Rurico de Cálix, Capitán de este buque, y que os halláis bajo mis órdenes. Serafín saludó con más miedo que nunca.

—Me dijeron anoche —continuó el Capitán— que veníais enfermo, y mi primer cuidado esta mañana ha sido bajar a informarme de vuestra salud...

—Gracias, Capitán... —respondió Serafín, saludando de nuevo, poseído de una especie de terror pánico, al reparar en la ironía que reflejaban aquellos ojos de hielo.

Entretanto, el Capitán los había fijado ya en una caja de palo santo que formaba parte del equipaje del músico, y murmuraba desdeñosamente:

—Por cierto que, ahora que os he visto, tengo el sentimiento de conocer que he sido víctima de un engaño.

—No os comprendo... —murmuró Serafín.

—Debierais comprenderme —replicó el Capitán.

—Explicaos.

—El engaño se reduce a que ayer me dijo el que vino por vuestro pasaje que erais un emigrado político.

—¡Yo!

—Y no sois tal... Sois un violinista enamorado.

—¡Nunca he dicho otra cosa! Pero no deja de asombrarme que me conozcáis... —exclamó Serafín con alguna fuerza.

—Os conozco... —respondió Rurico—, en primer lugar por vuestro violín, que me está diciendo a voces que sois músico...

Y así diciendo, señaló a la caja de palosanto.

—Eso es en primer lugar... —replicó Serafín desapaciblemente, al verse dominado por aquella lógica.

—En segundo lugar... —añadió el Capitán con su calma imperturbable—, sé vuestro nombre, que no es del todo desconocido para los amantes de la música...

—Y ¿cómo sabéis mi nombre?

—Por el billete de pasaje que el piloto de este buque os hizo la merced de otorgaros, y que hoy ha llegado a mi poder...

Serafín estaba vencido nuevamente.

—Aún hay un tercer lugar... —prosiguió Rurico—. Os conozco también porque no es la primera vez que os veo.

—¿A mí?

—A vos.

—¿Dónde me habéis visto? ¡Hablemos claro!

—En el Teatro Principal de Sevilla... anteanoche. Entonces aprendí vuestro nombre, que he visto después en el billete.

—Luego vos sois... —prorrumpió Serafín, tornando a su sospecha.

—Yo soy... uno de los mil espectadores que os aplaudieron.

—¡Es claro! —pensó Serafín.

Estaba vencido por cuarta vez.

—Ya veis —concluyó Rurico— que me habéis engañado...

—¡Capitán! —dijo Serafín, comenzando a sentir arder su sangre española—. El marinero pudo inventar lo que quisiera al tomar mi pasaje; pero yo no miento nunca, ¿entendéis?... ¡Ni permito que nadie me insulte!

El Capitán frunció las cejas. Pero, dominándose enseguida, sonrió tranquilamente y dijo:

—Está bien, señor de Arellano, No hablemos más de esto... Nuestro viaje es largo, y quiero que vivamos como buenos amigos.

Serafín se abstuvo de responder.

—En cuanto a vuestro mal humor... —prosiguió el Capitán— también sé a qué atenerme, y lo disculpo; pues ya os he dicho que estoy al tanto de la ridícula enfermedad que padecéis.

—¡Cómo! —dijo Serafín, asombrado de aquella insistencia en querer dominarlo.

—¡Estáis enamorado, dolorosamente enamorado!

—¿Quién os lo ha dicho? —gritó Serafín—. Y, sobre todo, ¿con qué derecho calificáis mi amor?

—Ya os he advertido que estuve anteanoche en el Teatro Principal de Sevilla... —dijo flemáticamente Rurico de Cálix.

—¿Y qué? —preguntó el artista, tratando de penetrar con la mirada el alma de su interlocutor, cuyo rostro seguía mudo.

—Es muy sencillo... —respondió el Capitán—. Conocí, como todo el público, que os habíais enamorado de la Hija del Cielo, lo cual fue una dicha para nosotros, que oímos con este motivo maravillas de canto en ella, y cosas admirables en vuestro violín. Aprovecho esta ocasión de felicitaros. ¡Sois un genio!

—Capitán... —murmuró Serafín, saludando por centésima vez.

Y tornó a desconcertarse.

—¡Oh! Yo amo las artes con delirio... —prosiguió Rurico con ligereza—, y gusto mucho de los artistas. Vos lo sois, y por esto os repito que me honraré en que intimemos.

—Es muy difícil, Capitán... —respondió valerosamente el músico.

—Pues yo lo creo fácil, por lo mismo que aspiro a la gloria de curaros de vuestra melancolía, o mejor dicho, de vuestro insensato amor...

—¿Cómo?... ¡Ah, Capitán! —dijo Serafín, dando al traste con su diplomacia—. Hablemos con franqueza. ¿Se halla en este barco la Hija del Cielo? ¿La amáis vos? ¿Sois su esposo? ¿Hago mal en idolatrarla?

El Capitán sonrió de un modo extraño, y puso la mano izquierda sobre el hombro del violinista, mirándolo con una especie de compasión paternal.

—¡Pobre joven! —exclamó—. En fin, ya hablaremos de todo esto... —añadió enseguida, levantándose.

—¡Oh! no; ahora mismo —gimió Serafín.

—Es muy breve lo que tengo que deciros. Yo he amado también a esa cantatriz...

—Pero si no la amáis ya, ¿por qué la acompañabais en Sevilla? ¿Por qué os habéis desafiado con mi amigo Alberto?

En este momento dio el barco un vaivén terrible.

—Doblamos el cabo de San Vicente —dijo el Capitán—. Llevamos viento favorable.

Serafín no entendía una palabra de náutica ni de geografía.

—¡Pues sí! —prosiguió el Capitán—. Hace dos años que la conocí en Copenhague. Entonces estaba más bella...

—¿Qué decís? —exclamó el músico—. ¡Veo que no habláis con formalidad!

—Comprendo vuestra extrañeza —replicó el marino—. Tomáis por una niña a la Hija del Cielo... Pues ¡sabed que tiene treinta y cinco años! ¡Oh! Las mujeres del Norte viven mucho y muy lentamente. Además, que en la escena todos parecemos otra cosa...

—Veo, Capitán... —dijo Serafín sonriendo—, que me dais contra el amor un medicamento tan ineficaz como conocido.

—Os hablo de veras, señor; esa cómica...

—¡Capitán!...

—Esa aventurera, mejor dicho —prosiguió Rurico de Cálix, sin hacer caso del enojo de Serafín—, es una especie de Lola Montes, que ha tenido tantos amantes como gracias le dio la Naturaleza. Yo la conocí como os decía hace dos años: se me presentó, lo mismo que a vos, de un modo fantástico, novelesco; me ha gastado mucha plata, y ayer me abandonó para siempre.

—¡Ved lo que habláis! —gritó Serafín echando fuego por los ojos—. ¡Aquella mujer es un ángel!...

—¡Oh!... Estoy perfectamente enterado concluyó el Capitán, arreglándose el cuello de la camisa.

Serafín quedó pensativo.

Pasado un momento, cogió una mano del llamado Rurico de Cálix, y dijo con toda la efusión de su alma candorosa:

—¡Sed franco! ¡Yo renunciaré a esa mujer si me lo exigís con títulos para ello! Pero decidme la verdad: ¿porqué admitisteis el desafío de mi amigo si no la amáis? ¿Por qué os arrojasteis al Guadalquivir para alcanzar la góndola en que iba la Hija del Cielo?

—Me porté como me porté con vuestro amigo —respondió sosegadamente el Capitán—, no por celos, sino porque su actitud me ofendía, en cuanto yo acompañaba a aquella señora, aunque fuera por última vez. ¡Para rechazar ciertas impertinencias como las del señor Alberto, no es preciso estar enamorado, sino que basta tener dignidad!

Serafín, que espiaba el rostro de su interlocutor, murmuró para sí:

—¡Este hombre no miente!

—Volviendo a la Hija del Cielo —añadió Rurico—, podéis perder todo temor...

—¿Qué temor?

—El de hallarla en vuestro camino. La casualidad os ha librado de ella..., por lo cual debéis dar gracias a Dios.

—¡Qué decís! —exclamó el artista con ansiedad.

—Que vuestra Norma salió anoche de Cádiz al mismo tiempo que nosotros... Se dirige a la América del Sur, de donde es su marido, con quien trata ahora de reconciliarse..., por haber sabido que ha descubierto una mina de oro... ¡Esta es la razón de que haya roto conmigo! ¡La desgraciada no tiene corazón ni vergüenza!

Serafín se dejó caer en el taburete con desesperación.

El Capitán prosiguió diciendo:

—Veo que os hago daño; pero tened paciencia. Casi todas las drogas son amargas, por más que envuelvan la salud. Yo... afortunadamente, me he curado ya del amor de esa mujer, a quien he amado muy de veras, y a quien hoy desprecio mucho... Ya os enseñaré cartas suyas, y os desengañaréis completamente. Canta bien... ¡eso sí! Pero, por lo demás, es la mujer de peor alma que he conocido.

Serafín no oía ya al Capitán, sino que seguía abismado en el más profundo abatimiento.

Rurico de Cálix se paseaba por la cámara diciendo todas aquellas cosas con suma indiferencia.

De pronto se detuvo y dijo:

—Perdonad; creo que me llaman.

En efecto: había sonado un agudo silbido.

Serafín alzó la frente, sellada de dolorosa resignación, y dirigiéndose a su nuevo amigo, le dijo con el más tierno interés:

—¡Oh! Antes de iros, Capitán, decidme su nombre.

—¿Luego la amáis todavía?

—¡La amaré siempre; la amaré como a la más hermosa de cuantas ilusiones he perdido; la amaré sin buscarla; la amaré, en fin, como amo a mi madre después de muerta!

El Capitán no respondió nada, y se dirigió hacia la escotilla.

—Pero decidme... —insistió Serafín.

—Puesto que os empeñáis, sabedlo... —dijo Rurico—. Se llama Jacoba, y es inglesa.

Y desapareció.

El joven artista quedó clavado en su sitio.

Al cabo de un momento levantó la cabeza con cierto aire de imbécil, y murmuró en voz baja:

—¡Jacoba! ¡Jacoba! ¡Qué nombre de tan mal gusto!

II. Los ultimátum de Serafín

Hemos dejado a Serafín en su cámara, poseído de un humor infernal.

Al poco tiempo de estar allí conoció que se aburría, y se puso a arreglar su desaliñado traje.

Hallábase aún ocupado en esta operación, cuando aparecieron por la escotilla dos enanos anchos de hombros, rojos de puro rubios y con ojos casi verdes a fuerza de ser azules.

Traían el almuerzo.

—¡Está visto! —pensó Serafín—. ¡Este tipo nuevo de hombres ha dado en perseguirme!

Y sin más reflexiones, trató de entablar conversación con sus camareros; pero a las primeras palabras le indicaron con gestos que no entendían el español, el francés, ni el italiano, y probaron a hablarle en su idioma.

Érase éste una jerigonza áspera y nasal, que ni el mismo Diablo Cojuelo hubiera traducido.

Serafín les repitió la seña que ellos le habían hecho para expresar que no comprendían.

Encogiéronse todos de hombros, y Serafín se puso a almorzar.

Luego que concluyó, dio la última mano a su traje, y subió sobre cubierta.

Estaban en alta mar.

Serafín buscó en vano con la vista las costas de su patria...

Olas y olas eslabonadas interminablemente: he aquí lo único que distinguieron sus ojos.

Hacía un día magnífico. La luz, el aire y el agua, confundiéndose amorosamente, componían aquel cuadro grandioso, donde no había montañas, ni selvas, ni ríos, ni nubes...; nada que limitase ni dividiera la distancia. El cielo y el océano, las dos majestades de la inmensidad, se miraban en silencio y como asombradas de su poder, de su grandeza, de su extensión. Aquella soledad era sublime. Perdíanse en ella la vista y el pensamiento; pero atravesábala la esperanza, simbolizada para Serafín en el Leviathan.

¡Me queda el consuelo de ver a Italia! —se dijo dando un hondo suspiro.

enseguida miró en torno suyo, y vio cerca del palo mayor doce robustos marineros ¡cosa extraña! todos rubios, jóvenes, de reducida estatura, muy colorados, anchos de espalda, cortos de piernas y vestidos con blusas azules.

Estos hombres, pertenecientes al tipo que perseguía a Serafín, fumaban en silencio, tendidos sobre cubierta, fijando en nuestro joven veinticuatro ojos más verdes que el mar y más inmóviles que el cielo.

—¡Hola, muchachos! ¿Cuántas leguas irán ya? —preguntoles Serafín, incomodado con la atención estúpida que despertaba.

Los doce enanos se levantaron a un mismo tiempo y le hicieron un saludo uniforme.

—¡Bien, bien!... ¡Sentaos! —repuso Serafín, encendiendo un cigarro—. Conque... decidme: ¿cuándo llegaremos a Italia?

Los doce se miraron simultáneamente, dijeron cierta palabra unísona en un idioma desconocido, y se llevaron a los dientes la uña del dedo pulgar, haciéndola crujir contra ellos.

—¡Vamos! —exclamó Serafín, volviéndoles la espalda—. ¡Ya que los hombres han dispuesto no hablar todos un mismo idioma, a lo menos usan una mímica igual! ¡Nadie me comprende a bordo! ¡Estoy divertido! ¡Tendré que reducirme a hablar con el Capitán, lo cual no me conviene mucho! Pero ¿y Alberto? —pensó enseguida el joven—: ¿qué será de él? ¡Buena locura hicimos con achisparnos! ¡Ni aun recuerdo que nos hayamos despedido, a pesar de lo muy expuesto de su viaje! ¡Qué haya hombres con suficiente humor para ir al Polo! ¿Cuánto más agradable no serán las lagunas de Venecia, las tardes de Nápoles, las noches de Roma?...

Todo afán del músico era no pensar en aquella Hija del Cielo, que con tan negros colores le había pintado el Capitán; pero al cabo vinieron a parar en ella sus reflexiones.

—¿Y Norma? —se dijo—. ¡Es una aventurera, una cómica! ¡Tiene treinta y cinco años! ¡Se llama Jacoba! ¡Y es inglesa! ¡Es decir, tendrá los pies grandes! ¡Y esto es lo de menos! Pero ¡tener marido! ¡Tener señor de vida y hacienda! ¡Cuerno! ¡Y además un amante!... ¡Cuerno dos veces! ¡Esa mujer es peor que Lucrecia Borgia! ¡Resulta de todo: que moriré célibe! Después de este ultimátum, Serafín procuró rechazar tantos y tan contradictorios pensamientos como le ocurrían.

Para conseguirlo decidió tocar el violín.

Bajó a su cámara, y con indecible asombro encontró en ella a un negrito de catorce a quince años, vestido de blanco, el cual lo saludó, entregándole un billete muy plegado.

Abriolo Serafín, y leyó estas palabras, escritas en italiano y con una letra muy menuda y bien trazada:

«Vivid sobre aviso: es probable que de un momento a otro se atente contra vuestra vida.»

El joven se estremeció, y alzó la vista para buscar al mensajero de un papel tan interesante y raro.

El mensajero había desaparecido.

—¡Diablo!» exclamaría Alberto... —dijo Serafín—. ¡Esto se complica! ¿Quién me querrá matar? ¿Quién me dará este aviso? ¿Si será otro medicamento del Capitán para distraerme de mi desventurado amor?

Aunque semejantes reflexiones parecían tranquilizadoras, no dejó el músico de tomar alguna medida de precaución, como fue buscar sus pistolas inglesas, examinar si estaban corrientes y metérselas en los bolsillos de su gabán.

Este incidente le quitó la gana de tocar el violín. Púsose, pues, a deshacer sus maletas, a hacerlas de nuevo, a arreglar papeles y a leer alguna música. Así le sorprendió la noche.

Según oscurecía, empezaron a asaltar a Serafín siniestros temores: volvió a pensar en el billete anónimo y en los peligros que le anunciaba: la imagen fatídica del Capitán se le apareció tal como la había visto aquella mañana entre sueños, y sumergíale en mil reflexiones aún más fantásticas el recuerdo del ser desconocido que velaba por él dentro del buque...

Y creyose transportado a un mundo de espectros. Y toda aquella tripulación de rubios enanos, y el Capitán, y el negrito, y el mascarón de proa del

Leviathan, empezaron a girar en su imaginación, y a hacerle muecas, y a mirarle con odio, y a reírse de él, y a predecirle su muerte.

La cámara se hallaba sumergida en tinieblas.

Las olas gemían tristemente al estrellarse en los costados del buque.

El viento silbaba con eco funeral.

En aquel instante oyó ruido sobre su cabeza, y la cámara se inundó de una claridad vivísima.

Serafín dio un grito de guerra y se puso de pie, montando una pistola.

Sintió pasos que se acercaban... y creyose muerto.

Indudablemente dos hombres bajaban la escalera...

Cada paso que daban hacía resonar una cosa metálica, estridente, como el choque de dos espadas...

Serafín montó la otra pistola.

Acabaron de bajar los aparecidos, y dejaron sobre la mesa varios cuchillos.

También había cucharas y tenedores.

Eran sus camareros, que le traían luces y la comida.

Serafín ocultó las pistolas avergonzado, y volvió a sentarse, murmurando entre un último temblor y una sonrisa de confianza:

—¡Soy un imbécil!

Era su segundo ultimátum de aquel día.

Pero, a pesar de ser un imbécil, no probó la comida hasta que sus camareros admitieron varias finezas que les hizo.

III. Donde se prueba que todo violín debe tener su correspondiente caja

Sin otra novedad transcurrió una semana.

Durante ella, Serafín no subió sobre cubierta ni casi salió de su cámara, donde se dedicó, con un afán que era miedo disfrazado, a escribir música.

Por consiguiente, no había llegado a enseñar al Capitán el billete misterioso, ni a encontrarse con él después de la conferencia que hemos referido.

A la verdad, si de alguien desconfiaba el pobre músico era del llamado Rurico de Cálix, cuyas explicaciones le habían dejado mucho que desear y cuyo frío rostro le era sumamente desagradable...

Sin embargo, el peligro no se había presentado.

El día que hacía nueve de navegación decidió darse a luz, y subió sobre cubierta a eso de las cuatro de la tarde.

Rurico no había visitado tampoco en toda la semana a nuestro amigo Serafín.

Al asomar éste la cabeza por la escotilla después de tantos días en que no había abandonado su abrigada jaula, sintió tal impresión de frío, que tuvo que volver a, bajar a ponerse un paletó de entretiempo.

Así dispuesto, tornó a subir.

—¡Es raro! —meditó nuestro joven—. La primavera avanza: nosotros caminamos también hacia países más templados que España, y, sin embargo, cada vez hace menos calor. ¿Si me habrán engañado los cantantes respecto del clima de Italia?

El lector sabe que Serafín era totalmente lego en geografía.

Embebido estaba en estas reflexiones, cuando sintió que una mano se posaba sobre su hombro.

—¡Buenas tardes! —le dijo el Capitán, pues era él.

—Buenas tardes... —le respondió el artista, estremeciéndose, a pesar suyo, al ver la horrible palidez de Rurico de Cálix.

—Señor de Arellano —exclamó éste, mirándole de hito en hito—: ¿me dispensaréis que os haga una pregunta, hija del afecto que me inspiráis?

La voz del Capitán era más grave que de costumbre.

—Estoy pronto a satisfaceros —contestó Serafín, poniéndose en guardia al observar que también temblaba su interlocutor.

Hubo un momento de pausa.

—¿Con qué objeto hacéis este viaje? —preguntó Rurico, clavando de nuevo sus ojos en los del joven.

Éste no se turbó ni un instante, pues trataba de contestar lo mismo que sentía.

—Voy a perfeccionarme —dijo— en el contrapunto y la composición.

El Capitán dilató los ojos.

—Veo —exclamó enseguida— que hacéis un viaje loco, a ciegas, sin conocimiento del punto a que os dirigís. Vuestro equipaje me lo da a entender más que todo.

—Os engañáis, Capitán... —replicó Serafín—. Sé perfectamente a qué país voy, pues he pasado la mitad de mi vida leyendo cuantas descripciones de él se han hecho y preguntando pormenores a todos los que lo han visitado.

—Luego ¿sabéis?...

—Sé que el clima es benigno... relativamente

Rurico se sonrió.

—Que hay en él los mejores jardines de Europa...

El jarl, viendo la seriedad del artista, dejó de sonreír.

—Que abunda en suntuosos palacios, ricos museos, morenas bellísimas, grandes músicos...

—No prosigáis... ¡Nada de eso hay en el país adonde vamos! —exclamó el Capitán. Insisto en que sois víctima de un error. Hammesfert es casi inhabitable, y os helaréis sin remedio humano.

—¡Idos al diablo! —replicó nuestro joven—. ¡Vaya unas bromas que gastáis!

En esto se oyó un agudo silbido.

—Donde me voy es a mi cámara, querido Serafín: oigo que me llaman. Continuaremos.

—Id con Dios; pero sabed que me dejáis muy enfadado de vuestras burlas.

—¡Oh! lo siento...; tanto más, cuanto que me figuro que vos sois quien os burláis de mí... —contestó Rurico sonriendo.

Y se hundió por una escotilla.

Quedó Serafín solo y de muy mal humor.

Acordose del violín, mudo y encerrado en su caja desde la noche inolvidable en que se cantó Norma, y dirigiose a él con el mismo afán que si fuese a ver a un amigo después de larga ausencia.

Lo sacó de la caja; lo limpió perfectamente; lo abrazó con cariño; lo templó, y medio tendiose sobre la cama para tocar con más descanso.

Maquinalmente, y llevado de una fuerza irresistible, empezó el aria final de Norma, última pieza que había tocado en él, y cuyos ecos, dormidos desde entonces, creía despertar cada vez que deslizaba el arco sobre las cuerdas...

Anochecía, y todo era silencio en la embarcación.

El joven músico se trasladó imaginariamente a la noche en que vio a la Hija del Cielo. Sevilla, el teatro, las luces, la orquesta, el público; todo apareció ante sus ojos. Entonces creyó oír sonar sobre la voz de su violín el eco de

otra voz más dulce; creyó percibir aquella figura bellísima que le decía
¡adiós! con sus miradas, con su canto, con su actitud; creyó, en fin, que
aquel momento sublime se repetía, y volvió a henchir su corazón aquel amor
fanático, que no habían podido agotar los discursos de Rurico de Cálix.

Dejó de tocar luego, y se figuró que veía a la desconocida de pie en la góndola, bajo un dosel de púrpura, medio perdida entre el mar y la sombra, y
agitando su pañuelo para decirle otra vez ¡adiós!

—¡Adiós! —murmuró Serafín con honda melancolía.

Y dos lágrimas brotaron de sus ojos.

Ya no pensaba: soñaba.

¡Se había dormido abrazado a su violín, a aquel hermano de la Hija del
Cielo!

Cuando al día siguiente despertó, era muy tarde.

Había pasado toda la noche soñando con Norma.

Al primer movimiento que hizo para levantarse, advirtió que el violín estaba
entre sus brazos.

—¡Oh!... —dijo—. ¡Este violín es el esqueleto de mis esperanzas!

Y buscó la caja para encerrarlo, diciendo con amarga ironía:

—Las cajas se han hecho para los muertos. ¡Mi violín sin Norma es un
cuerpo sin alma!

Pero la caja no parecía.

—Pues, señor, me la han robado... —pensó—. Mas ¿con qué objeto? —se
preguntó enseguida.

—¡Ah! ¡Ya caigo! —exclamó por último.

Y su frente radió como si la iluminara un relámpago.

—Sí, ¡eso es! Me han quitado el continente por quitarme el contenido.
¡Quieren separarnos, querido violín!

Luego se puso sombrío.

—Este es otro misterio que necesito aclarar —murmuró—. Ha llegado la ocasión de que yo haga al Capitán ciertas preguntas...

La carta del otro día... el robo de hoy. ¡Está visto! o me hallo a bordo de un
buque encantado, o en poder de una horda de piratas... Pero ¿qué daño
puede hacer a los piratas ni a los encantadores la música del final de

Norma? ¡Dios mío!... ¿Si será que la Hija del Cielo va también en este barco?

IV. De cómo un vino puso claro lo que otro vino puso turbio

A la caída de la tarde de aquel día, Serafín arregló sus vestidos, encerró el violín en una maleta y abandonó su cámara.

Cuando apareció sobre cubierta, ya era casi de noche.

Los marineros fumaban, como siempre, hablando en su incomprensible idioma.

Serafín se dirigió con paso firme hacia la escotilla que conducía a la cámara del Capitán.

Bajó la escalera, y tropezó con una especie de garita, ocupada por el más rubio y más enano de los enanos rubios que componían la tripulación, el cual se levantó a estorbarle el paso.

Nuestro joven se detuvo, e hizo señas de que quería ver al Capitán.

Saludó el enano y penetró en la cámara.

Pocos momentos después se abrió de nuevo la puerta y apareció Rurico de Cálix.

—¡Oh!... ¡mi amigo! —exclamó al ver a Serafín—. ¿Queréis hablarme? Vamos a vuestra cámara.

El músico extrañó aquel recibimiento impolítico, y respondió con sangre fría:

—¿Me arrojáis de vuestra casa?

—¡Oh! no es eso... —replicó el Capitán, disponiéndose a subir a la cubierta—. No es eso precisamente... sino que...

—Es el caso —dijo Serafín, para sacarlo del atolladero en que se había metido— que lo que tengo que manifestaros debéis oírlo en vuestra cámara.

—¡Cómo! —exclamó Rurico, medio desconcertado.

—¡Es claro! —añadió Serafín, sonriendo—. Vengo a convidarme a comer con vos.

Nada podía contestar Rurico a esta galante salida del joven. Un convite se rehúsa: un convidado se recibe con los brazos abiertos.

Meditó un instante, sólo un instante, y bajó los dos escalones que había subido, exclamando entre una sonrisa:

—¡Oh! ¡Me honráis! Con mucho gusto... Os habéis adelantado... Casualmente, hoy pensaba en lo mismo... Pasad y, empujando la mampara, cedió el paso a Serafín.

Éste penetró en la cámara con actitud tranquila, pero no sin palidecer. Conocía que jugaba el todo por el todo, y que aquella escena podía ser a muerte o a vida.

Luego quedáse admirado, pues no creía que en el Leviathan hubiese un rincón tan delicioso como aquella cámara.

El pavimento, las paredes y el techo estaban forrados de una riquísima tela azul muy recia y muy mullida. En semejante aposento nunca podía hacer frío. A la derecha había una vidriera de colores de extraordinario mérito. Pendían del techo cuatro lámparas, que daban a la habitación una claridad viva y suave a un tiempo mismo. En el centro de la cámara había, una mesa con comida preparada para un hombre solo, pero con admirable lujo.

—Casualmente iba a comer cuando llegasteis —dijo el Capitán, dando órdenes en distinto idioma a dos enanos elegantemente vestidos, los cuales pusieron otro cubierto.

—¡Come solo!... —pensaba entretanto Serafín.

Los camareros recibían nuevos encargos del Capitán, y no dejaban de traer botellas y más botellas, de distintas formas y condiciones, alineándolas en un extremo de la mesa.

Habla allí vino para enloquecer a diez ingleses.

—Sentaos, Serafín —dijo el Capitán—; y, ante todas cosas, ¡bebamos! Tengo excelentes vinos y gran variedad de licores... Un prisma líquido, que diríais los poetas... Porque vais a ver sucesivamente en vuestra copa vino negro, rojo, purpúreo, rosado, dorado e incoloro como el agua. ¡Habéis de probarlos todos, aunque no sea más que un trago de cada uno! ¡Veamos este Grave!

Serafín, que tanto gustaba de un rico vino (sin que por esto lo creáis vicioso), apuró su ración, que le pareció deliciosa.

La comida, asaz suculenta y sólida, se componía de manjares muy raros.

El Capitán bebía espantosamente, obligando a su convidado a repetir también las libaciones.

Serafín dejó para los postres la seria explicación que pensaba pedir al Capitán, y dedicose al vino en cuerpo y alma, tratando de alegrarse, porque conocía que de aquel modo hablaría con más franqueza...

Rurico de Cálix lo miraba atentamente, como si estudiase los progresos que hacía la embriaguez en aquella meridional fisonomía.

De vez en cuando dirigía una rápida ojeada a la vidriera de colores que hemos citado.

No parecía sino que temía algún peligro por aquella parte.

Serafín se hallaba muy entretenido, al parecer, con un plato que a la sazón despachaba.

—¿En qué pensáis? —le preguntó el Capitán.

—Miro, masco y admiro —respondió el joven— esta especie de jamón, el mejor que he comido en toda mi vida.

—¡Ya lo creo! ¡Es de rengífero!

—Y ¿qué es eso?

—¡Oh! ¡el rengífero!... Este animal es el don más precioso que la Naturaleza ha otorgado a los hombres del Norte. Ya probaréis alguna vez la leche de rengífera, y entonces sí que os asombraréis y me daréis las gracias... Veamos este Oporto.

Serafín vació su copa de un trago, dando un resoplido de satisfacción.

—Entre paréntesis, Capitán... —dijo después de asegurarse en el asiento—: ¿por qué son enanos y rubios todos vuestros marineros?

—Son lapones... —respondió Rurico, mirando cada vez con más zozobra a la vidriera.

—Y a propósito de rubios y lapones —prosiguió Serafín, a quien la embriaguez le iba soltando la lengua—: ¿sabéis si es cierto que el oso blanco que devora a una mujer rubia queda con los huesos rojos para siempre?

En este instante se oyeron a lo lejos dos o tres notas escapadas de un piano, como si una mano distraída se hubiese posado sobre las teclas.

Serafín se estremeció.

Rurico se puso pálido como un muerto.

—¿Tenéis piano a bordo? —preguntó el músico, siguiendo la mirada del Capitán y fijando la suya en la vidriera.

—Tengo un músico de cámara que toca mientras me duermo. Creía que ya lo hubieseis oído. ¿No subís de noche sobre cubierta?

—¿Qué he de subir con este frío que hace y sin ropa de abrigo? Todas las tardes me acuesto al oscurecer...

—¡Ah!... ¡Ya! Pues vuelvo a vuestra pregunta, y va de cuento... Pero entretanto, ¡bebed!

El Capitán escanció Tokay.

Serafín lo bebió, quedándose medio galvanizado.

—Capitán... ¡la cámara da vueltas! —exclamó.

—No hagáis caso... —dijo Rurico—. Eso se quita con más vino... según la homeopatía. Probad este Chipre... Pues, señor, andaba yo cazando por Faruvel, en Groenlandia...

El piano sonó en este momento más vigorosamente que antes, dejando oír un brillante preludio.

Serafín no atendía al Capitán, quien siguió contando no sé qué historia en voz muy alta, mientras que él aguardaba con sus cinco sentidos la pieza que debía suceder al preludio.

El Capitán se interrumpió y propuso al joven un paseo por la cubierta.

—Así os refrescaréis... —añadió.

—¡Qué! —respondió Serafín—. ¡Yo refrescarme! ¡Si estoy... perfectamente! ¡Yo nunca me achispo!

Y para corroborar su falso testimonio, se sirvió de la primera botella que vio a su alcance.

Era Kirsch.

Al segundo trago quedó trastornado del todo.

—¡Me cargan los ojos azules, Capitán!... —balbuceó, tambaleándose, ¡Principalmente... si son como los vuestros! ¡Nunca se sabe lo que pensáis! Aquí tenéis los míos... Pero ¿qué es eso que toca... vuestro músico de cámara?

Era el final de Norma.

¡Es decir, era el único canto que podía ser reconocido por Serafín en aquel momento de total insensatez!

El pobre músico no sabía dónde estaba, ni veía ya al Capitán...

¡Soñaba que estaba en Sevilla, oyendo a la Hija del Cielo!

—¡Otro trago! —dijo Rurico, colocándose instintivamente entre el joven y la puerta de cristales, y ofreciéndole al mismo tiempo una botella de figura extraña—. ¡Aún quedan muchos licores del Norte que no habéis probado!

—¡No bebo más! —murmuró Serafín.

—¡A la salud de ese canto! —exclamó el Capitán, apurando una copa de aquella botella.

—¡Eso sí!... ¡A la salud de Norma! —repuso Serafín—. ¡Venga..., venga..., Capitán!...

Y cogiendo la botella probó a bebérsela de un trago. Pero la botella se le escurrió entre los dedos no bien absorbió una bocanada de su contenido. Era Kummel.

—¡Bravo! —gritó el Capitán, procurando ahogar con su voz y su algazara el sonido del piano.

—¡Bravo! —repitió Serafín—. ¡Sois el rey de los anfitriones! ¡Desde Lúculo a Montecristo, nadie ha hecho los honores de una mesa tan perfectamente como vos!... Por mi parte, pienso pagaros este banquete, no bien lleguemos a Italia, con un almuerzo artístico... ¿Eh? ¿Qué os parece? ¿Me acompañaréis de Venecia a Florencia?

—¡Ya disparatáis! —dijo el Capitán—. ¡Estáis completamente trastornado!

—¿Cómo trastornado? ¡Estoy más en mi juicio que vos!

—¡Se conoce! ¡Decís que estáis en vuestro juicio, y me habláis de llegar a Italia!...

—¿Y qué?

—Nada.

—Pues..., ¡nada! —repitió Serafín.

—¿Lo veis? —insistió Rurico.

—¿Qué?

—Que estáis loco.

—¿Cómo loco?

—Sí, señor: me habéis dicho ¡nada! tratándose de un disparate.

—¿Qué disparate?

—Eso de llegar a Italia.

—¿Y bien?...

—Que jamás llegaremos a Italia.

—¡Cómo! vexclamó Serafín riéndose—. ¿Pensáis asesinarme antes?

—¡Asesinaros! —murmuró Rurico, lanzando al joven una mirada sombría.

—Pues ¿no decís que nunca llegaremos?...

—¡Es claro! Como que caminamos en dirección opuesta.

—Y ¿no vamos a Italia?

—No.

—¡Ja! ¡ja! ¡ja! ¡Ya estáis ebrio!

—Vos sois el que lo está —respondió Rurico— ¡Yo no me embriago nunca!

—¡Ja! ¡ja! ¡ja! —continuó Serafín, tirándose, o mejor dicho, cayéndose sobre una silla—. ¿Adónde vamos, pues?

—A Laponia.

—¡Qué disparate! ¡Me habéis confundido con mi amigo Alberto! El va al Polo y yo a Venecia... Y si no... escuchad: «Éste a Italia, y éste a Laponia; éste a Laponia, y éste a Italia..». Así decía un marinero cierto día en que yo estaba más ebrio que vos en este instante...

—¿Habláis formalmente? —preguntó Rurico, cogiendo al joven por un brazo.

—Pues ¡no que no! Vos debéis de tener mi billete...

—¡Ya se ve que lo tengo! —dijo el Capitán, sacando un papel de su cartera—. ¡Miradlo!

Serafín pensaba ya en otra cosa: habíase acercado a la vidriera de colores, y aspiraba las últimas notas del final de Norma.

—¡Qué expresión... tan... hija del cielo... tiene vuestro ayuda de cámara! —balbuceó el músico, poniendo la mano en el picaporte.

Rurico de Cálix lo arrancó de allí, sacudiéndolo vivamente:

—Hombre —replicó Serafín—, no os pongáis tan feroce! ¡Si no queréis, no la veré!...

—¡A quién! —exclamó el Capitán con inusitada vehemencia.

—La cámara..., esa cámara... —respondió el violinista, riendo como un idiota.

El capitán respiró.

—¡Concluyamos, joven! —dijo enseguida—. Tomad vuestro billete y marchaos a dormir. Mañana trataremos de enmendar esta equivocación.

Serafín cogió el billete, y, entre mil disparates y repeticiones, leyó las siguientes palabras:

«Pasaje a favor de don Serafín Arellano, emigrado, en el bergantín Leviathan, que sale de Cádiz (España) para Hammesfert (Laponia) el día 16 de abril de..., a las ocho de la noche.

Por el Capitán Rurico de Cálix,

el Piloto, F. Petters.»

Serafín se oprimió las sienes con las manos, creyendo que perdía el juicio.

—¡Voy al Polo! —exclamó al fin con desesperación.

Rurico lo miraba intensamente, mudo, inmóvil, cruzado de brazos.

—¡Al Polo! —repitió Serafín, dando traspiés por la cámara.

El Capitán le vio vacilar, y no acudió a sostenerlo.

—¡Al Polo! —volvió a tartamudear, cayendo sobre la alfombra.

Entonces murmuró Rurico estas palabras:

—¡Fatalidad! Me seguía sin saberlo... El infierno se empeñó en colocarnos frente a frente... ¡Era su destino!

Luego, recobrándose:

—¡Hola! —exclamó.

Sus criados acudieron.

—Llevaos a ese hombre... —dijo señalando a Serafín, que no daba señales de vida.

Y volviendo la espalda a aquella repugnante escena, llamó a la vidriera de colores.

Un negrito, vestido de blanco, abrió los cristales.

El piano vibró más que nunca en aquel momento.

Rurico entró y la puerta volvió a cerrarse.

En cuanto a Serafín, dos lapones lo agarraron de los pies y de los hombros, cual si ya fuese un cadáver, y desaparecieron con él por aquella misma puerta que dos horas antes atravesó el joven tan ufano y decidido como si contase con alguna victoria.

V. En que Serafín oye muchas cosas importantes

Al atravesar la cubierta, el frío de la noche hizo volver en sí a nuestro infortunado músico.

—¡Dejadme! —dijo, escapándose de las manos de sus conductores.

Y se puso de pie.

Los enanos, que lo vieron repuesto y firme, obedecieron a una seña que les hizo, y lo dejaron solo.

Una gran reacción se había obrado en Serafín.

La revelación de que iba al Polo, el letargo en que había estado sumergido y el viento que refrescaba su frente, habían vuelto alguna lucidez a sus ideas.

Quiso pensar, y pensó; buscó su razón a través de su locura, y logró retener en su cabeza el juicio que se le iba.

—¡Al Polo! —exclamó entonces—. ¡Oh! ¡No, nunca! ¡Yo debo ir a Italia..., y quiero ir..., e iré a pesar de todo! ¡He ganado 1.000 duros tocando el violín, los he ahorrado uno a uno con este objeto, y ahora salimos con que voy al Polo! ¡Maldición sobre el vino! Pero aún será tiempo. Alberto dijo que la navegación hasta Laponia se hacía en un mes, y llevo diez días solamente. ¡Exigiré al Capitán que nos acerquemos a la costa más inmediata, y me pondré en camino para el Mediodía!.. Pero ¿qué digo? ¿Cómo dejar este buque, cuando todo me induce a sospechar que va en él la Hija del Cielo? Pero ¿y si no fuera? ¿Y si no me ha engañado el Capitán, y es, en efecto, su ayuda de cámara quien ha tocado al piano el final de Norma?

Pensando así, dirigíase el joven a su aposento, no sin hacer algunos semicírculos, cuando, entre el arrullo de las olas que hendía el Leviathan escuchó el eco vago de una voz que hacía diez días resonaba sin cesar en su alma...

Pasó aquella ráfaga de viento, y el mágico sonido se perdió con ella.

—¡Era su voz!... —exclamó el joven—. Pero ¡qué locura! ¡Será que vuelvo a marearme!

Otro lamento armonioso, más claro y penetrante que el anterior, hirió el oído de Serafín.

—¡No me engaño! —exclamó, parándose de nuevo—. ¡Es una voz de mujer! ¡Es la voz de ella!... ¡Y suena aquí, aquí debajo! ¡Es claro! ¡Aquí debe caer la habitación de la vidriera de colores! ¡Dios mío... volvedme la razón! ¡Es ella! ¡Es ella la que canta! ¡Es su mismo acento, su misma expresión, su misma ternura!... ¡Y lo que canta es el final de Norma!... ¡El final de Norma!... ¡Ah, sí!... ¡Ella es! ¡Ella es! ¡La Hija del Cielo!

Así dijo; y, agachándose sobre la cubierta, aplicó el oído a las tablas.

Instantáneamente su corazón volvió a inundarse de aquel amor inmenso sentido en Sevilla una noche memorable; y el dolor de la ausencia, la hiel de la duda, la fiebre de la desesperación, el hielo del desengaño, desaparecieron de su alma, como las pesadillas y fantasmas de la noche se desvanecen al anunciar el primer pájaro la llegada del día.

De pronto, en medio de aquel sublime verso:

Del sangue tuo pietà!

calló bruscamente la voz de la Hija del Cielo, como si un terror repentino hubiera sorprendido a la joven.

Y siguiose un silencio de muerte, que heló la sangre de Serafín.

Luego oyó la voz del Capitán, que hablaba muy alto en idioma que él desconocía.

Aquella voz tenía el acento de la cólera.

—Otra voz grave y reposada —sin duda la voz del anciano del palco— interrumpió a los pocos momentos el discurso de Rurico de Cálix.

Después sonó un golpe como de un portazo.

Entonces oyó pasos cerca de sí.

Fijó la atención, y vio surgir una figura de la cámara del Capitán.

Aquella figura fue tomando cuerpo y destacándose en el estrellado cielo, hasta que, por último, se delineó la silueta de un hombre.

Serafín no podía ser visto por estar casi tendido en el suelo y por haberse replegado contra una banda del bergantín; pero desde su escondite pudo conocer que aquella sombra era el Capitán.

Sonaron nuevos pasos, y la escotilla dio salida a otra figura de menos talla y de más volumen que el Capitán.

—¡El anciano del palco! —pensó Serafín, oculto en las tinieblas.

Rurico y el desconocido se pusieron a pasear desde proa al alcázar de popa.

Serafín estaba a un lado del alcázar, y oía toda su conversación...

Pero no oía nada en realidad, puesto que hablaban en un idioma que no comprendía.

Ya empezaba nuestro joven a desesperarse, cuando, después de dos o tres paseos, oyó decir a Rurico de Cálix:

—Dejemos vuestro idioma, en que tan mal nos entendemos, y, ya que estamos solos, hablemos en francés.

Serafín palpitó de júbilo.

—Decía que vuestro tono con la jarlesa me ha disgustado mucho... —exclamó entonces el anciano.

—Sabéis, señor conde, cuánto la respeto; pero dignaos considerar la penosa situación en que me hallo...

—¡Exigís demasiado, Rurico!

—¡Demasiado! —dijo el Capitán—. ¡Convenceos, señor, de que ella sabe que ese temerario joven está a bordo!...

—¡No lo sabe, ni puede saberlo!

—¡Oh! —exclamó Rurico con ferocidad—. ¡Si llegase yo a convencerme de lo que decís...!

El joven no aclaró su pensamiento, pero Serafín lo adivinó.

Quería decir que si se convenciese de que ella ignoraba que Serafín estaba a bordo, podría matarle, sin exponerse por esto, como temía, al odio de la que tanto amaba.

El viejo no comprendió la tremenda amenaza del joven, y le respondió:

—Pues yo juraría que nada sabe la Jarlesa sobre el viaje de ese pobre músico, de quien, por otro lado, ya no se acordará.

Rurico permaneció un instante en silencio, y luego exclamó:

—¡Sólo un favor os pido, señor Gustavo, y es que intercedáis para que no vuelva a cantar durante la navegación! ¡Es mucho empeño por ambas partes el estar siempre cantando o tocando el final de Norma; ese recuerdo de una noche que quisiera borrar del pasado! ¡En cuanto a él, ya no tocará más a bordo!

—¿Cómo? ¿Qué habéis hecho?

—Mis camareros le quitaron anoche el violín, y, con caja y todo, lo tiraron al mar esta mañana.

Serafín sonrió en la oscuridad.

—¡Mal hecho, Rurico; muy mal hecho! —exclamó el llamado alternativamente «señor conde» y «señor Gustavo».

—¡Oh! ¡Tengo celos! —replicó el pérfido joven.

Advertía Serafín que el Capitán empleaba un tono hipócrita con el anciano; lo cual le confirmó en su idea de que éste era padre, ayo o tutor de la Hija del Cielo.

—En fin, tened paciencia y sabed ser hombre... —dijo el señor Gustavo—. Os consta que os quiero y que contáis con toda mi protección. Dentro de quince días llegaremos a Hammesfert, y ya lo arreglaremos todo a vuestro gusto.

Serafín se estremeció al escuchar estas palabras.

Y como los dos extranjeros volvieran a bajar a su cámara, levantose él con precaución, pasose las manos por la frente, y, apoyándose en una banda del buque, se puso a meditar de este modo:

VI. Serafín reflexiona

Aquel marinero gaditano equivocó nuestros billetes...

¿Debo alegrarme de la equivocación?

¡Veremos!

...

—Alberto se halla navegando hacia Italia contra su gusto...

¡Pobre Alberto!

—Yo voy al Polo...

¡Pobres 20.000 reales! ¡Pobre de mí! ¡Me helaré sin remedio humano! ¡Pero, en cambio, voy con la jarlesa!...

¿Qué querrá decir jarlesa?

...

—Rurico de Cálix es el joven del albornoz blanco; el que está desafiado con Alberto...

«¡Diablo!» exclamaría éste.

...

—Mas ¿cómo expendería Rurico un billete a mi favor para que viajase en este barco, si dice que conocía mi nombre, y debía de conocer también mi amor a la Hija del Cielo?

Ya me ha dicho que no se enteró de mi nombre al mandar que me admitiesen a bordo, y que un empleado suyo fue quien redactó el billete de pasaje... Es decir, que el Capitán no se enteró de que yo estaba en el Leviathan hasta que aquella mañana bajó a ver al pasajero enfermo y se encontró con mi aborrecida persona.

¡Esto es más claro que el agua!

...

—Pero volvamos a la Hija del Cielo...

¡La Hija del Cielo va a bordo conmigo!...

¡Oh ventura!

...

80

—¡Y ella lo sabe, diga lo que quiera el señor Gustavo!...
¡Oh placer!

...

—Digo que lo sabe, porque suyo era aquel billete que me anunciaba un peligro...
¡Luego me ama!

...

—El tal peligro vendrá de parte del Capitán...
¡Viviré como un Argos!

...

—El Capitán no ha atentado ya contra mi vida por... por...
Por no hacerse odioso para la Hija del Cielo.
¡Luego hace diez días que le debo la vida a ella!

...

—El enano viejo y calvo del palco de Sevilla va con nosotros, y es conde, y se llama Gustavo... Pero ¿qué relación tiene con ella? ¿Es su padre? ¿Su tío? ¿Su ayo? ¿Su preceptor?
¡El tiempo dirá!

...

—Jacoba puede muy bien ser nombre de mal gusto...
Ella no se llama Jacoba.

...

—Y no se llama Jacoba en el mero hecho de haber asegurado el Capitán lo contrario; pues ya sabemos que el Capitán es un embustero de a folio.

...

Las inglesas tendrán los pies... como Dios se los haya dado...
Pero ni ella es inglesa, ni puede tener los pies grandes. ¡Ella es una perfección en todo!

...

—No sólo esta noche, sino otras varias, al decir del Capitán, ha cantado la Hija del Cielo el final de Norma.
¡Luego a todas horas se acuerda de mí!

...

81

—El Capitán se propuso embriagarme a fin de que yo no oyese el piano, ya que él no podía impedir que ella lo tocara.

¡Pícaro Capitán!

...

—Luego ese hombre no manda en ella...

¡Me alegro!

...

—Pero ella no manda tampoco en él...

¡Tanto mejor!

...

—Sin embargo, ¿por qué viajan juntos?

¡Esta es la clave de todo!

...

—¿Quién es él?

Lo ignoro.

...

—¿Quién es ella?

No lo sé.

...

—Él la ama...

¡Malo!

...

—Ella lo aborrece...

¡Magnífico!

...

—Pues que ella toca el final de Norma en sus barbas, él no es su marido...

¡Soberbio!

...

—Y no es su amado, puesto que su amado soy yo.

¡Sublime!

...

—Y no es su amante...

¡Oh!... ¡Ella es pura como el Sol!

...

—Y no es su hermano...

¡Imposible! ¿Cuándo fueron hermanos la serpiente y el ruiseñor?

...

—Ni su amigo...

¿Cómo había de serlo?

...

—Ni su padre...

¡Eh!...

...

—Ni su hijo...

¡Qué disparate!

...

—Ni un extraño para ella...

Esto es evidente... ¡y sumamente grave!

...

—Ni su criado...

¡Ca!

...

—Ni su señor...

¡Esto menos que nada!

...

—¡Ah! ¡Me vuelvo loco! ¡La reflexión embriaga tanto como el vino!

Dijo, y bajó a su cámara y se acostó.

Y durmió... «como se duerme a los veinticuatro años», según suelen decir los novelistas que han pasado de esa edad, a que yo no he llegado todavía.

VII. Una mirada de Rurico de Cálix

No bien despertó Serafín, exclamó, como el general que presiente la batalla:

—¡Hoy es un gran día!

Vistiose, pues, con algún esmero y sacó de la maleta el violín.

En este momento apareció en la escotilla aquel negrito vestido de blanco que ya lo visitó otra vez.

Venía con un dedo sobre los labios, recomendando silencio, y le entregó una diminuta carta.

Serafín quiso hablarle antes de que se le escapara como en la otra ocasión, pero el negro dio muestras de no entender el francés, el italiano ni el español, únicos idiomas que poseía el músico.

Entonces leyó éste la carta, que decía así:

«Arrecia el peligro.

»El primer día que subáis sobre cubierta se fingirá loco un marinero y os dará de puñaladas.

»No temáis un envenenamiento.»

—¡Sin firma! —exclamó Serafín—. Pero ¡es de ella!

Una idea lo deslumbró de pronto.

—¡He aquí la ocasión de escribirle! —exclamó con indecible júbilo.

Pero el negro había desaparecido.

—¡Diablo! —dijo Serafín, que en los casos apurados se acordaba de la exclamación de Alberto—. ¡Soy el hombre más torpe que recibe mensajes amorosos!

Y volvió a leer la carta, y la guardó, después de besarla repetidas veces.

—¡Hoy subo sobre cubierta! —murmuró enseguida, dirigiéndose a un espejo para acabar de arreglarse la corbata.

Ocupado estaba en esta operación, cuando vio dibujarse en el cristal la funesta figura de Rurico de Cálix.

Vestía una especie de bata de finísimas pieles negras.

Venía espantosamente pálido, pero sonriendo.

—¿Estáis mejor? —dijo, sentándose.

—Yo sí. ¿Y vos? —preguntó Serafín con aparente indiferencia.

—Yo no me puse malo —contestó el Capitán, sonriendo siempre.

—Ni yo tampoco... —replicó el músico—. Me dieron sueño vuestros vinos..., y nada más.

El Capitán meditó un momento, como queriendo descubrir la táctica de su interlocutor.

Pero Serafín, que no se fiaba de sus propios ojos, más expresivos de lo que él quisiera, los dirigió a otra parte, y, viendo entonces el violín, lo cogió como distraídamente.

Rurico quedó atónito al hallar en manos del joven un objeto que creía perdido en las soledades del mar.

—¿Cuántos violines habéis embarcado? —preguntó luego con la mayor calma.

—Nada más que uno... ¡Éste! —respondió Serafín, templándolo—. ¿Por qué lo preguntáis?

Difícil era la contestación.

Pero no para Rurico, que tomó de allí pie para llevar la conversación al terreno que deseaba.

—Lo decía —replicó— a fin de que eligieseis el mejor para esta noche...

—¿Cómo?

—Sí; deseo que toquéis un rato en mi cámara. Doy un concierto, y os convido.

Serafín se levantó sobresaltado. El golpe del Capitán era certero.

—¿Qué os sucede? —preguntó el jarl sonriendo.

—¡Nada! —contestó el músico, dominándose instantáneamente—. Echo de menos la caja de mi violín.

Si el golpe del jarl fue bien dirigido, el del artista no era menos formidable.

—Y ¿quién toma parte en ese concierto? —preguntó enseguida Serafín con visible emoción.

—Todo un genio... —respondió el Capitán.

—¡Un genio!

—Sí; que logrará maravillaros, entusiasmaros, enloqueceros...

—¡Oh! ¡Oh! ¿De quién me habláis? —exclamó el músico dilatando los ojos.

—Supongo, querido, que seguís enamorado de la Hija del Cielo.

—¡Cómo! ¿Es ella? —gritó Serafín—. ¡Voy a oírla cantar! ¡Gracias, gracias, amigo mío!

Rurico de Cálix soltó la carcajada.

—¡Qué locura! —exclamó—. ¿No os he dicho ya que esa cómica partió para Buenos Aires?

Serafín se mordió los labios.

—¡Se burla de mí! —pensó llenándose de ira.

El Capitán continuó:

—Se trata de Eric, de mi ayuda de cámara, soprano famosísimo, que oyó en Sevilla a la mujer que tanto amáis...

—Decid que amaba...

—¡Vaya por el pretérito! —repuso el Capitán sin dejar su sonrisa—. Pues, como os decía, Eric tiene la facilidad de imitar perfectamente todas las voces que escucha, ni más ni menos que el loro del cantor inglés Braham... Ya sabréis que la Catalani se puso de rodillas ante aquel pájaro... Pues lo propio haréis vos ante Eric. El oyó a la Hija del Cielo en la Norma, y la imita de manera que, en el Final especialmente, me confundo yo mismo... y me falta poco para arrodillarme también.

Pronunció Rurico este discurso con tan completa naturalidad, que Serafín hubiera caído en el lazo y creídolo al pie de la letra, a no haber escuchado la noche antes su conversación con Gustavo.

Así es que tuvo por su parte la suficiente sangre fría para fingir que aquella revelación le entristecía mucho.

—Hablemos de otra cosa... —dijo entonces Rurico—. Ya sabéis la equivocación que descubrimos anoche: vuestro mandadero estaba loco al compraros el billete, y os ha hecho emprender un viaje opuesto al que proyectabais. Ahora bien: el Leviathan llegará mañana a la altura del Norte de Escocia, donde se hallan las islas Hébridas, pertenecientes también a la Gran Bretaña. Yo me ofrezco, como es justo, a acercarme a esas islas y dejaros en tierra, pues no creo que cometáis la locura de venir a helaros a Hammesfert. En Touque, capital de la isla de Lewis, la mayor del archipiélago hébrido, tengo un amigo que trafica en lanas con la Noruega; os dejaré en su casa, y él se encargará de facilitaros pasaje para España, de donde podréis pasar a Italia, como era vuestro proyecto. ¡No tendréis queja de mí!...

Serafín había escuchado al Capitán sin indicarle extrañeza, afirmación, ni negativa.

Quería sondear hasta el fondo de sus intenciones.

Aquella proposición era la primera y última generosidad de Rurico.

—Este hombre —pensó Serafín— sospecha que anoche oí cantar a la Hija del Cielo, y me quiere despistar diciéndome que quien cantó fue Eric. ¡Esta noche se pondrá Eric malo, y no habrá concierto!... ¡No está mal pensado! No reteniéndome ya nada a bordo, como él cree que yo creo, lo natural sería que me aprovechase del medio que me propone de no ir a Laponia... ¡Mañana me dejaba en esa isla, y se libraba de mí! ¡Pues, señor, confesemos que obra con talento! ¡Y con generosidad... pues que da este paso para ver si puede evitar el matarme! Meditemos. Si acepto, salgo de compromisos; evito el peligro que me amaga; no me expongo al invierno polar; salvo la mayor parte de mis queridos 1.000 duros; veo a Italia... y me quedo sin la Hija del Cielo. Si rehúso, me expongo a morir asesinado, a morir helado, a morir de hambre, a no ver más a Matilde y a no ir a Italia... Pero quedo al lado de la Hija del Cielo, y... ¡quién sabe!

Este ¡quién sabe! tan halagüeño, que acaso es el más fuerte lazo que une al hombre a la vida, decidió a Serafín.

Rurico extrañó mucho el silencio del joven, y dijo con cierta inquietud:

—¿En qué pensáis?

—Pienso, Capitán... —respondió el joven—, en que vuestras palabras me dan a entender dos o tres cosas, de las cuales una me afligiría sobremanera.

—¿Cómo?

—¡Lo que os digo! O estáis loco, y esto es lo que me afligiría, u os duran los humos de la embriaguez de anoche, o habéis bebido de nuevo hoy por la mañana...

Rurico de Cálix fijó en el joven una mirada terrible, ardiente, deslumbradora: la chispa de fuego que vagaba extendida por aquellos ojos mudos, se encontró en medio de la pupila, partiendo hacia Serafín como una flecha envenenada.

Éste se echó a reír.

—No os riáis —murmuró Rurico—. No os riáis, y explicadme vuestras palabras.

—¿No he de reírme? —replicó Serafín trémulo a su pesar—. ¿No he de reírme al oíros decir que yo no quiero ir a Laponia, sino a Italia? ¿De dónde sacáis eso?

—Anoche..., vos... —empezó a decir el Capitán.

—¡Anoche estaba yo ebrio! —repuso Serafín, encogiéndose de hombros.

—Dijisteis que vuestro billete estaba equivocado.

—No hay tal cosa, Capitán. Miradlo... Aquí debo de tenerlo, puesto que me lo distéis anoche... Sí..., ¡aquí está! Leed: «Para Hammesfert (Laponia)». ¡Oh! ¡Está perfectamente! Tres años hace que proyecto esta expedición. ¡Tres años, Capitán! Pero vos, sin duda, me habéis confundido con mi amigo Alberto, que partió a Italia el mismo día que yo entré en el Leviathan... ¡Ya sabéis de quién hablo, pues que tenéis pendiente con él una promesa de desafío!... Unos esponsales fúnebres, que diría Víctor Hugo.

El Capitán se había levantado mientras Serafín pronunciaba estas palabras, que bien podían ser su sentencia de muerte.

Oyolas impasible, y, cuando concluyó de hablar el joven, le alargó la mano, diciéndole:

—Dispensadme un momento de alucinación. Confieso que anoche perdí el sentido. Decís bien en todo.

Serafín sintió frío al escuchar aquella voz helada, lenta, pavorosa.

—Hasta la noche... —añadió el Capitán, retirándose.

—Hasta la noche... —repitió Serafín—. Acudiré al concierto.

—¡Quedaos con Dios! —exclamó Rurico al abandonar la cámara.

—¡Adiós, jarl! —contestó el joven estremeciéndose, porque aquélla era la primera vez que había oído de los labios del Capitán el santo nombre de Dios.

Esta palabra augusta, dicha en aquella ocasión y por un hombre como Rurico, era el aviso religioso que da el sacrificador a la víctima antes de descargar el golpe sobre su cuello.

VIII. Que terminara con una sonrisa de Rurico de Cálix

Eran las once de aquella misma mañana

El Leviathan seguía avanzando hacia el Norte.

Hacía un frío espantoso.

El Océano estaba ceniciento, y toda la extensión del cielo cubierta de nubes pardas.

A la parte de estribor veíase a lo lejos una línea negra, que interrumpía la monótona regularidad del horizonte.

Era Escocia.

Toda la tripulación se hallaba sobre la cubierta del bergantín, no ya tomando el Sol, que apenas calentaba cuando salía un momento de entre las nubes, sino envuelta en pieles, dividida en grupos y fumando sin cesar.

Rurico de Cálix se paseaba en el alcázar de popa.

A las once y media apareció Serafín por la escotilla que conducía a su cámara.

Estaba muy pálido, pero sereno.

Sin la gravedad de su situación, no hubiera permanecido sobre cubierta con su traje meridional.

Pero estaba tan preocupado, que no reparó en el frío que tenía.

Serafín llevaba un proyecto.

Rurico se detuvo al verle.

El joven se acercó a él, no sin pasear antes la vista por toda la tripulación.

—¿Cuál será el asesino? —pensaba Serafín.

El Capitán lo saludó fríamente, y se puso a mirar con un catalejo hacia la parte de Escocia.

Serafín oyó entonces a su espalda una carcajada estridente y ronca.

Volviose, y vio que un marinero, tan pequeño y rubio como todos los demás, luchaba por desasirse de las manos de sus compañeros, haciendo espantosos visajes y riendo como un verdadero demente.

El Capitán no se movió, ni miró siquiera hacia aquel lado.

Serafín volvió la espalda al peligro.

Quería dejarlo llegar...

A los pocos momentos oyó un grito de todos los marineros.

—El loco fingido se dirige contra mí... —pensó el joven.

enseguida oyó pasos.

—¡Ya se acerca! —se dijo, palideciendo hasta la lividez.

Entonces se volvió bruscamente.

El fingido loco se le echaba encima armado de un puñal.

Serafín le detuvo el brazo con un movimiento súbito; retorciole la muñeca hasta hacerle soltar el arma; lo cogió del cuello y de la cintura; levantolo sobre su cabeza, llegó a la banda de babor y lo arrojó al mar.

Todo esto fue obra de cuatro segundos.

La tripulación lanzó un grito más terrible que el anterior, y corrió a salvar a su camarada.

El Capitán se volvió, creyéndolo todo terminado.

Lo primero que vio fue a Serafín de pie, inmóvil, rígido, amenazador, con una pistola en cada mano.

Rurico retrocedió y miró en torno de sí.

Entonces oyó en el mar un lamento, y vio al marinero asesino luchar con un tiburón.

El marinero desapareció bajo las olas, no obstante las cuerdas que le arrojaron desde el barco.

Rurico temió que Serafín lo matase también a él, y exclamó hipócritamente:
—¿Qué es esto, amigo mío?

—Esto es... —replicó el joven— que mato para no morir. ¡Capitán, sois un asesino!

El Capitán dio un paso hacia adelante.

—¡No os acerquéis... —exclamó Serafín—, o me obligaréis a mataros!

Rurico de Cálix se paró.

Las palabras condicionales de Serafín acababan de indicarle que su vida no corría peligro.

Entonces meditó un momento.

enseguida dijo una palabra en su idioma una sola palabra; pero con voz tan terrible, que todos los marineros se volvieron hacia él llenos de susto.

Estaba transfigurado.

Había descubierto su cabeza y tiradola atrás con indecible arrogancia: sus manos apartaban de su pecho la túnica azul, dejando ver un peto rojo atravesado de una banda amarilla; sus ojos lanzaban llamas; su boca, contraída por la furia, sonreía de una manera espantosa, y toda su actitud demostraba un mismo tan salvaje y sanguinario, que aterró a Serafín.

Todos los tripulantes se descubrieron al ver la misteriosa insignia que campeaba en el pecho del Capitán, y arrojaron los gorros por alto, lanzando un ¡hurra! atronador.

Rurico de Cálix pronunció entonces, en son de arenga, varias palabras ininteligibles para el músico.

La tripulación lanzó otro ¡hurra! y se adelantó hacia Serafín, que en un momento se vio rodeado de puñales.

Rurico, entretanto, ocultaba la enseña amarilla, cual si temiese que fuese vista por otras personas...

Serafín, acosado, rodeado, perdido, conoció que había llegado la ocasión de realizar el proyecto con que subió a cubierta, y disparó un tiro al aire.

Los marineros dieron un paso atrás, y se miraron unos a otros, a fin de ver si alguno estaba herido.

En aquel intermedio oyéronse gritos en lo interior del buque.

Serafín no apartaba sus ojos de cierta escotilla.

Al fin apareció por ella la persona que esperaba.

Era una joven alta, bellísima, de cabellos de oro y ojos azules...

¡Era la Hija del Cielo!

El señor Gustavo, el anciano que conocemos, salió detrás de la joven.

La tripulación miró al Capitán, como pidiéndole órdenes.

Rurico pronunció una palabra, y los marineros bajaron sus puñales.

Serafín devoraba entretanto con la vista a la encantadora mujer que lo libraba de la muerte.

La Hija del Cielo, pálida, mal envuelta en un manto de armiño y fija la mirada en Rurico de Cálix, señalaba con una mano a Serafín...

El Capitán empezó a murmurar algunas palabras en su idioma.

—¡Excusas y calumnias serán las que estáis diciendo! —exclamó Serafín en italiano—. ¡Señora! —añadió dirigiéndose a la joven—: ¡Caballero! —prosiguió, encarándose con Gustavo—: ¡Sed testigos de que desde este momento hasta que desembarque en Laponia, hago responsable de mi vida al jarl Rurico de Cálix, Capitán de este buque! Si muero durante la travesía, él es mi asesino, y yo lo delato desde ahora.

Imposible nos fuera pintar la ira que animó el rostro del Capitán, ni la sonrisa que apareció en los labios de la Hija del Cielo.

Miró ésta a Serafín luego que dejó de hablar, y saludándolo con un movimiento de cabeza, descendió a su cámara cual si huyese de Rurico de Cálix.

Gustavo la siguió.

Serafín dirigió al cielo una mirada suprema, en que reunió toda su gratitud, toda su dicha, todo su amor, y se dirigió a su departamento.

La tripulación le abrió paso.

Rurico de Cálix lo siguió con la vista hasta que desapareció.

Apoderose entonces del Capitán una ansiedad terrible, un ciego furor, una espantosa rabia...

Luego se calmó gradualmente, y se dirigió a su cámara con paso lento...

Al penetrar en ella, había ya vuelto a sus labios aquella habitual sonrisa que tantos males presagiaba.

IX. El mar es un contrabajo

Serafín era dichoso, sin embargo de tener mucho frío.

No sólo había vencido al Capitán, sino que le había, arrancado las uñas.

Nada tenía que temer, por consiguiente, y sí mucho que esperar en beneficio de su amor.

Pasó, pues, el día sumido en los más dulces pensamientos.

—¡Va aquí! —decía—, ¡a mi lado! ¡conmigo! ¡a diez pasos de esta cámara! ¡Me ha salvado la vida, después de avisarme dos veces el peligro! ¡Me ama, me ama sin duda alguna! ¡Pero yo necesito verla otra vez; yo necesito hablarle; decirle que sigo este viaje sólo por ella; saber lo que me resta que sufrir, lo que debo esperar de su amor, lo que debo hacer para no separarme nunca de su lado!

¡Mas, pesárale a su impaciencia, Serafín no podía hacer más que aguardar los acontecimientos!

Conociolo así, y dejó de atormentarse con estériles cavilaciones.

Al anochecer se acostó.

Empezaba ya a dormirse, cuando oyó de pronto un mugido largo, inmenso, atronador.

El bergantín dio un espantoso tumbo.

Al mismo tiempo oyó un ruido infernal sobre cubierta.

La bocina de mando sobresalió entre aquel formidable estruendo.

El Leviathan recibió otra violenta sacudida.

—¡La tempestad! —exclamó Serafín saltando de la cama y vistiéndose como pudo.

Las olas rugían espantosamente al estrellarse contra los costados del buque.

El viento silbaba en la arboladura, remedando gritos, lamentos, imprecaciones.

Serafín tuvo miedo y subió a la cubierta.

Reinaba la más completa oscuridad, que interrumpían a veces los relámpagos y algunos farolillos colgados acá y allá.

El Océano brillaba, en medio de su espantosa agitación, como los ojos de un monstruo inconmensurable.

Llovía, tronaba, relampagueaba.

El cielo y el espacio eran un solo caos de amenazas y horrores.

Las olas asaltaban la cubierta del bergantín.

En medio de aquel cuadro fúnebre, en el centro de aquella cólera, de aquel estrago, de aquella devastación, vio Serafín, a la luz de un relámpago, a Rurico de Cálix, solo, de pie en la popa, con el timón en una mano y la bocina en la otra, haciendo frente a los elementos, calado por el mar y la lluvia, sin doblarse al empuje de la tormenta, exaltado, radiante, sublime.

¡Era su hora! El trueno estallaba sobre su frente; el mar bramaba a sus pies como una leona hambrienta; el barco crujía y saltaba sobre las olas como una serpiente sobre peñascos.

Pero el barco era él: él lo gobernaba, lo espoleaba, lo detenía como un árabe a su caballo. Él era, en fin, el alma de la tempestad. La sombra lo envolvía y el rayo lo revelaba. Estaba verdaderamente hermoso.

Serafín no pudo menos de admirarlo, y hasta sintió celos de él...

—¡Si ella lo viera en este instante —se dijo—, lo admiraría como yo!

Al pensar Serafín de este modo, recordó la angustia y el temor que la Hija del Cielo experimentaría en medio de tan horrible tempestad; reflexionó en que acaso era aquélla la última hora de cuantos se hallaban a bordo, y un estremecimiento de terror circuló por todo su cuerpo.

¡Sólo temblaba por ella!

Acaso también por ella desplegaba Rurico aquel valor salvaje.

—¡Oh! Si él consigue salvarla —pensó Serafín—, dejaré de odiarlo... o le aborreceré menos.

Meditando así, habíase acercado instintivamente a la cámara de la Hija del Cielo.

Un grito, en que reconoció la voz de ella, vino a herir sus oídos.

Ya no vaciló...

Rápido como el pensamiento descendió por la escotilla.

Luego que estuvo en la cámara del Capitán, se paró un instante, admirado de lo que llegó a percibir.

En efecto: el grito que escuchó desde la cubierta fue lanzado por la joven; pero no era un grito de terror, sino un eco melodioso, una ráfaga de armonía...

La Hija del Cielo cantaba al compás de la tormenta.

¡Magnífico acompañamiento para semejante voz!

He aquí por qué hemos dicho que el mar es un contrabajo.

Pero ¿qué cantaba la desconocida?

¡Cantaba el final de Norma!

Serafín permaneció atónito por un instante.

¡Nada tan sublime como aquella voz de ángel acompañada por el bramido del Océano; nada tan heroico como aquella inspiración artística en medio del peligro; nada tan pavoroso como aquel canto profano respondiendo a la cólera de Dios; nada tan dulce como aquel recuerdo de Serafín, acariciado por la joven en la misma hora de la muerte!

El músico no vaciló ni un momento: abrió la vidriera de colores, a través de la cual se oía aquel canto supremo, y penetró en una lujosa antecámara, en cuyo fondo percibió otra puerta, también de cristales, por la cual se escapaba una débil claridad...

Detúvose entonces, como si profanase un templo.

Pero un vaivén más terrible del barco, un silbido más fúnebre del viento, un clamor más desesperado del mar, le recordaron que se trataba de morir al lado de la extranjera, de salvarle la vida acaso...

Empujó, pues, la segunda vidriera, y entró.

En el fondo del aposento estaba la Hija del Cielo, de espaldas a la puerta, sentada ante el piano.

La joven cantaba en aquel mismo instante estas sublimes palabras:

> Cual cor tradisti,
> cual cor perdesti
> quest'ora orrenda
> ti manifesti.

X. Brunilda, nombre de buen gusto

Era tal el estruendo que reinaba en todo el buque y tal el fragor de la tormenta, que la Hija del Cielo no reparó en la entrada de Serafín.

Así es que continuó cantando.

Nuestro músico temblaba de amor y respeto.

La estancia en que había penetrado era digna de figurar en la galera que montaba Cleopatra cuando bogaba por el Nilo con el vencedor del mundo.

Pero Serafín sólo tenía ojos para contemplar a su adorada.

La Hija del Cielo vestía una larga túnica de terciopelo verde, que modelaba noblemente las formas juveniles de su hermoso talle. Los bucles de oro de su cabellera, mal aprisionados en un casquete griego de terciopelo también verde, salpicado de perlas, caían alrededor de su cuello, velado de encajes. En sus primorosas manos campeaba una sola sortija, muy singular por cierto. Era un estrecho aro de plata con un rubí plano en forma de escudo, atravesado de una ligera banda de oro; trasunto quizá del peto rojo con insignia amarilla que ocultaba Rurico de Cálix bajo su blusa.

Luego que la joven acabó de cantar, adelantóse Serafín, que aún permanecía junto a la puerta, y, cayendo de rodillas al lado del piano, exclamó:

—¡Perdonadme!

La Hija del Cielo se volvió asombrada, y encontró al músico a sus pies.

La tempestad rugía más que nunca.

El Leviathan oscilaba en todas direcciones como una fiera herida de muerte.

—¡Vos aquí! —exclamó la joven en italiano, dirigiendo a Serafín una mirada indefinible.

—¡Perecemos, señora!... —contestó el joven en el idioma que había usado ella—. ¡Yo quiero salvaros o morir con vos!

—¡Sé que morimos... —respondió la hermosa—, y ya veis que me despedía del mundo! Levantaos y volved a vuestra cámara. ¡No añadáis un peligro más a los que nos cercan!

—¡Qué me importan los peligros con tal de que viváis! ¿No los he arrostrado esta mañana? ¿No estoy resuelto a arrostrarlos hasta morir o libraros de ese hombre?

La extranjera se estremeció al escuchar estas palabras, y exclamó con voz severa y en cierto modo solemne:

—¿Quién os da derecho para pensar que yo quiero librarme de nadie? Vos habéis hecho hoy responsable de vuestra vida al jarl Rurico de Cálix... ¡Yo, a mi vez, os hago a vos responsable de la suya!

Serafín quedó anonadado.

—¡Luego le amáis! —dijo con desesperación.

—¡Le pertenezco! —contestó ella, mirando al joven con fijeza y dignidad—. Le pertenezco, y él me pertenece. Su vida es la mía. Si él muere a vuestras manos, yo debo morir al saberlo; y si yo muriese antes, él pediría a los cielos y a la tierra cuenta de mi muerte. ¡Porque yo no soy dueña de mi vida! ¡Porque mi vida es suya!

Serafín, que tanto había soñado con el amor de la Hija del Cielo, se horrorizó al tropezar tan pronto con la barrera de la desesperación.

—Señora, Rurico de Cálix vivirá... —dijo con voz ronca y desconsolada.

Y dio un paso hacia la puerta.

La desconocida frunció la frente con visible enojo.

Luego hizo un movimiento como para hablar, como para detenerlo...

Después se arrepintió y lo dejó irse.

Mas, al verlo ya junto a la puerta, exclamó de un modo extraño:

—No me habéis entendido...

Serafín volvió sobre sus pasos y llegó cerca de la joven.

—¡Tenedme lástima! —dijo con desconsuelo.

—¿Qué pensabais al alejaros? —preguntó la extranjera.

—Pensaba, señora, en que yo no pertenezco a nadie; en que nadie me pertenece; en que mi vida es mía; en que nadie pedirá a los cielos ni a la tierra cuenta de mi muerte... ¡En que hay hombres más venturosos que yo!

—¡No envidiéis su ventura! —repuso la joven con voz sombría.

—¡Oh!..., decidme de una vez... —exclamó Serafín.

—Os digo que viváis.

—¿Para qué?

—¡Para vivir! —exclamó con grandeza la Hija del Cielo.

—¡Pero lejos de vos!... —murmuró Serafín con desaliento.

—Lejos de mí, muy lejos.

—¡Oh!... Vivir así, es la muerte.

—¡Vivir es amar! —respondió la joven.

—¡Oh! —suspiró él—. Pero amar sin esperanza es padecer demasiado...

—¡Y padecer por lo que amarnos es una dicha mayor que la del sepulcro!

Dijo la extranjera estas palabras con tan honda pena, que Serafín creyó que envolvían un sentimiento de amor hacia él.

—Os he detenido cuando os marchabais —continuó la joven, como para borrar la esperanza que había sorprendido en los ojos de Serafín—, porque no puedo menos de conocer que tenéis algún derecho a mi consideración.

Sé que seguís por mí este viaje descabellado, y vi vuestro peligro de esta mañana... Pues bien: en nombre de ese amor, de esos sacrificios que os he costado, os repitó que viváis; que os alejéis de mí; ¡que me olvidéis!

—Pero ¿cómo? —dijo el joven con amargo despecho—. ¿Podréis olvidarme vos? ¿Existe el olvido?

La desconocida lo miró profundamente.

—¡Creedlo así! —murmuró.

—¡Ah! —repuso él—. ¿Conque no me amáis?

—Y ¿qué os importaría un amor imposible?

—Me daría fuerzas para abandonaros...

—¡No las tendríais! —contestó la joven con tristeza.

—¡Ah!... Pero vos...

—Yo pertenezco o he de pertenecer al jarl de Cálix. No me preguntéis más.

—Bien, señora... —dijo Serafín con frialdad—. Todo esto quiere decir que me he engañado. ¡No tenéis alma! ¡Ya me lo había dicho el Capitán!...

La joven volvió a mirarlo intensamente, sonrió con amargura y replicó:

—Decís bien.

Serafín se llevó una mano al corazón, palideciendo.

Una lágrima apareció en los ojos de la Hija del Cielo.

Pero no se cuidó de ocultarla ni de enjugarla.

Dejola correr por su rostro, como respondiendo a la reconvención de Serafín.

Éste vio aquel dolor misterioso y dijo:

—¡Vos padecéis, señora!... ¿Por qué, si no me amáis?

—¡Sí; sois muy cruel! —repuso la joven con triste sonrisa.

—Pero esa lágrima, ¿es al menos una promesa? ¿Me dejáis la esperanza?

—Si os dijera que sí, cometería un sacrilegio.

Serafín soportó aquella nueva ola de amargura.

Luego que pasó, es decir, luego que su corazón se empapó en ella, saludó a la joven, que permanecía de pie, pálida como la muerte, y se dispuso nuevamente a salir de la cámara.

Pero una espantosa sacudida del barco le hizo retroceder. Las tablas crujieron de un modo horrible, y oyose el bramido del mar más furioso que nunca.

La Hija del Cielo cayó de rodillas.

Serafín acudió a sostenerla y la condujo al sofá.

—¡El barco naufraga! —dijo la joven—. ¡Idos a vuestra cámara!... El Capitán y otro hombre, a, quien amo como a un segundo padre, bajarán cuando todo esté perdido... ¡Querrán morir a, mi lado!

—¡Morir! —exclamó el artista—. ¿Y yo, señora? ¿Y yo?

El suelo de la cámara empezó en esto a cubrirse de agua.

—Vos moriréis lejos de mí... como hubierais vivido... —respondió la joven tendiendo la mano a Serafín—. ¡Adiós! ¡Adiós!

—¡Oh! ¡Esto no es posible! —exclamó el infeliz amante—. ¡Quiero morir o salvaros!...

—Adiós, Serafín... —repitió ella, viendo que la inundación subía.

—¡Ah! ¡Sabéis mi nombre! —exclamó el joven, estrechando la trémula mano de la hermosa—. Una palabra más... ¡Ya veis que morimos!... ¡Una palabra!... ¡Una mirada de amor!... Decidme vuestro nombre! ¡Decidme que me amáis!

—Idos, Serafín... idos..., y no muráis a mi lado... —respondió la desconocida con trémula voz—. El Capitán va a venir... El Capitán vendrá con la seguridad de nuestra muerte...

¡Entrad en una lancha, en un bote; asíos a una tabla! ¡Salvaos, en fin!

—¡Vuestro nombre, señora; vuestro nombre, para bendecirlo a la hora de la muerte!...

Hubo un instante de silencio.

La desconocida alzó la frente, roja de amor, y dijo con firmeza:

—Me llamo Brunilda—... ¡Esperad!... ¡Oh!

¡Cuánto diera por tener la seguridad de que vamos a morir esta noche!

—¿Para qué? —exclamó Serafín aterrado.

—¡Para poderos decir... —prorrumpió la joven entre un mar de lágrimas— todo lo injusto que sois conmigo!

—¡Ah! —dijo Serafín—. ¡Ahora, que venga la muerte!

Y, estrechando a Brunilda entre sus brazos con un delirio inexplicable, miró hacia la puerta de la cámara como desafiando a la tempestad.

—¡Dejadme! —murmuró la joven.

—¡Adiós, Brunilda! —exclamó Serafín—. Si nos salvamos de la muerte... ¡que yo os vea otra vez! ¡Será la última!

—¡Os lo juro! —respondió la extranjera—. Ahora..., ¡marchad! —añadió, desprendiéndose de sus brazos.

—¡Adiós!... —murmuró Serafín, alejándose y tendiendo una mano hacia ella, cual si quisiese acortar así la distancia que ya los separaba.

—¡Adiós!... —respondió Brunilda cuando lo vio desaparecer.

XI. Esto es hecho

Cuando Serafín apareció sobre cubierta, la tempestad bramaba más que nunca. Nuestro joven no pudo menos de estremecerse al ver el horrible cuadro que presentaba el bergantín.

No obstante su sólida construcción y su casco estrecho y prolongado, muy a propósito para luchar con las tormentas, había padecido extraordinariamente, y veíanse por todas partes pedazos de la destrozada arboladura, marineros heridos en las maniobras, otros que con el hacha y el martillo remediaban las averías más considerables, y, en medio de este conjunto desolador, a Rurico de Cálix multiplicándose para acudir a todos lados, previéndolo todo, dominándolo todo, como un Titán, como un Genio.

Gustavo estaba al lado del timón.

Serafín, poseído de indecible angustia, pues no veía en el naufragio otra cosa que la muerte de la Hija del Cielo, llegose resueltamente al anciano y le preguntó en francés:

—¿Hay esperanza? ¡Decídmelo, por Dios!... ¿Perecemos?

—¡Nos salvamos, gracias a ese hombre! —contestó Gustavo señalando a Rurico.

En cuanto a éste, no estaba para reparar en Serafín, quien, tranquilo ya con las palabras del viejo, se dirigió a su cámara, henchido nuevamente de esperanza y de pasión.

Dos horas después, la tempestad cedió completamente.

Al rayar el día sólo quedaba de tanta cólera y tanto estrago una fuerte marejada.

Serafín... ¡Ah!... Serafín bendecía al Capitán y a los marineros cada vez que pensaba en que a sus esfuerzos debía la vida de Brunilda... Pero otra idea incontrastable luchaba con la del agradecimiento.

«¡Os lo juro!» Esta palabra de la hermosa, esta promesa de volver a hablarle si sobrevivían a la tempestad, fue al cabo el pensamiento dominante de nuestro joven en el resto de aquel día de descanso.

Sin más peligros ni aventuras, sin volver a ver a Rurico, sin saber nada de la Hija del Cielo, sin oírla cantar, sin tocar el violín, pasó nuestro héroe quince días mortales.

Lo único notable que ocurrió en este intermedio, fue que Serafín encontró una mañana al lado de su lecho un traje de riquísimas pieles, como los que usaba el Capitán.

El joven no dudó de que aquel precioso regalo provenía de Brunilda.

Y decimos precioso, porque el frío era intensísimo a pesar de acercarse el mes de junio.

También notó Serafín que las noches iban acortando a tal extremo, que en aquellos últimos días apenas había tres horas de oscuridad y dos o tres de crepúsculos.

Al fin, una tarde (a las diez de la tarde, que pudiéramos decir) se detuvo el Leviathan de pronto, y el músico oyó el ruido de las cadenas de las áncoras.

—¡Hemos llegado! —pensó el joven—. ¡Alberto! ¡Alberto! ¡Voy a deberte mi suprema dicha o mi suprema desesperación! ¡A tu loco proyecto lo deberé todo!

Púsose entonces a empaquetar su equipaje, y, luego que hubo terminado, subió sobre cubierta.

Estaban enfrente de Hammesfert.

XII. Serafín y su equipaje

Hammesfert se ha llamado por los viajeros, y por los naturales del país la Venecia del Norte, porque, a la manera de la bella esposa del Adriático, está toda cruzada de canales, a tal punto que no se puede pasar de un barrio a otro sino en lanchas o por altísimos puentes. Las aguas de aquellas lagunas son célebres por su transparencia, que deja ver los pescados y las arenas de los fondos más profundos como a través de un cristal. La mayor parte del año están helados los canales, y entonces sustituyen a las lanchas los trineos y los bastones herrados; pero cuando llega el verdadero invierno polar, nadie sale de su casa. Con este motivo hay barrios enteros cubiertos de cristales, celosías y toldos, que permiten a cincuenta o sesenta familias llevar una vida íntima y mancomún, no desprovista de goces y bienestar. El resto de la población pasa casi todo el invierno en vastísimos cafés, donde es asombroso el consumo que se hace de ponche y de tabaco. Los lapones viven mucho tiempo en una atmósfera de humo y de embriaguez y en la más completa holganza, cual si cada uno de aquellos falansterios, permítasenos la palabra, fuese una embarcación y cada invierno un largo viaje. Por la parte del Norte hay una alta barrera de montañas, que protege la población contra el soplo boreal, y por esta misma causa los veranos son algo templados. Otra ventaja gozan aquellos habitantes, y es que, por un prodigio de la Naturaleza, el río de Hammesfert no se hiela nunca. El puerto, asaz seguro y abrigado, está desde la primavera poblado de embarcaciones danesas, finesas y del mar Blanco, que comercian con aquel extremo del mundo, último punto civilizado de Europa.

He aquí la ciudad en que iba a desembarcar nuestro músico.

Dos camareros trasladaron su equipaje a una lancha, invitándole a entrar en ella.

Rurico de Cálix no parecía por la cubierta.

Serafín partió, pues, del Leviathan sin despedirse de nadie, con el corazón entristecido, temiéndolo todo y no sabiendo qué esperar...

—¡Os lo juro!» —se repetía el músico—. ¿Me cumplirá su juramento? ¿Volveré a verla? Y de todos modos, ¿qué haré entretanto?

En verdad que no lo sabía.

Saltó a tierra.

Estaba solo en el mundo: nadie entendía su idioma: nada sabía acerca de la población en que entraba.

Los marineros desembarcaron su equipaje, colocándolo cuidadosamente sobre la arena de la playa.

enseguida se volvieron al bergantín.

Nuestro joven quiso hacerles entender que necesitaba una fonda, un carruaje, un mozo, un intérprete...

Los lapones se llevaron a los dientes la uña del dedo pulgar.

Serafín se sentó entonces en medio de sus maletas, sobre una caja que encerraba sus libros y papeles, y se puso a reflexionar.

Sus reflexiones no dieron ningún resultado.

Siempre que reflexionaba le sucedía lo mismo.

El Sol se ocultó por el Mediodía, concluyendo su carrera con una perfecta línea diagonal.

La noche llegaba, y hacía un frío espantoso.

El músico no apartaba los ojos del Leviathan.

¿Qué esperaba?

Tampoco lo sabía.

Ya empezaba a cerrar la noche, cuando vio que una góndola se apartaba del bergantín con dirección a tierra.

—¡Ahí irá Brunilda! —pensó el músico—. Ahora, si yo fuera un héroe romántico, correría más que esa góndola; llegaría por tierra a la ciudad, y sabría dónde se hospeda mi adorada... Pero ¿cómo abandono mi equipaje? ¡Ah! ¡Ese infame lo ha calculado todo! ¡Ha contado con mi perplejidad y con mi pobreza! ¡No sé qué partido tomar! Yo perdería con gusto mis baúles, mi violín, mis libros, mi música, todo mi caudal, todo mi equipaje, en una palabra, por verla, por seguirla, por hallarla de nuevo... Pero ¿y si no quiere ella que la siga? ¿Y si es una imprudencia que la comprometa? ¿Y si ella tiene otro plan?

Entretanto cruzaba la góndola por delante de la playa con dirección a Hammesfert.

Serafín seguía inmóvil como un idiota.

Una mujer y un hombre ocupaban la pequeña embarcación.

—¡Brunilda y el conde Gustavo!... —exclamó Serafín—. ¡Ah! ¡Rurico no va con ellos!... ¡Tanto mejor!

La góndola pasó a unas trescientas varas del punto en que se hallaba nuestro joven.

Éste agitó su pañuelo en el aire...

Otro pañuelo ondeó dentro de la góndola.

La noche avanzaba apresuradamente.

—¡Es ella! ¡Ella, que me responde! —exclamó Serafín con indecible júbilo.

La góndola desapareció lentamente hacia el Norte.

El pobre músico se dejó caer de nuevo sobre sus maletas, lanzando un amarguísimo suspiro.

La noche acabó de correr sus cortinajes de sombra.

XIII. Lo que va de un blanco a un negro

Volvamos al Leviathan. Al mismo tiempo que Serafín quedaba solo y anonadado, envuelto en tinieblas y sentado sobre su equipaje, un botecillo, estrecho como una piragua japonesa, se separaba del bergantín con dirección a aquella playa, llevando a bordo otras dos personas.

En aquel momento salió la Luna, allá por el Norte, menguada, agonizante, tristísima.

Los pasajeros del bote eran Rurico de Cálix y aquel negrito que había llevado dos billetes a Serafín.

Rurico divisó con su vista de marino el triste cuadro que ofrecía el español en medio de sus baúles, en la desierta orilla del mar, y mandó a los barqueros que se aproximaran a aquel punto sin meter mucho ruido, a fin de cerciorarse de lo que allí pasaba.

Serafín no advirtió el espionaje de que era objeto, ni la aproximación del bote; pero Rurico y el negro lo vieron a él perfectamente.

El desdichado músico sacaba en aquel instante una pistola, cuyo cañón brilló al rayo de la Luna.

El negrito se estremeció y dilató sus grandes ojos leonados, señalando con una mano a aquel hombre tan abandonado, tan solo, tan abatido, que ofrecía todo el aspecto de un suicida.

Rurico se sonrió, porque sin duda había sospechado lo mismo.

—¡Boga! ¡Boga! —dijo tranquilamente al remero.

Y el bote se alejó de la playa.

Y el negrito siguió con los ojos fijos en aquella parte de la costa donde había quedado Serafín...

¡Y la sonrisa de Rurico se acentuaba!...

En esto sonó un tiro a lo lejos..., en el mismo paraje donde hemos dejado a nuestro pobre músico...

El negro cruzó las manos y dio un grito.

El jarl respiró como quien abandona una pesada carga.

Y el bote desapareció entre las sombras de la noche, hacia la parte donde brillaban las luces y sonaban los rumores de la próxima ciudad.

XIV. Pistoletazo

Serafín estaba frío, inmóvil.

Veamos lo que había sucedido.

Acongojado el artista al verse abandonado lejos de su patria; separado de Brunilda; sin casa; sin haber dejado a la joven indicio alguno para que le diese una cita; expuesto a helarse o a ser robado; en un país desconocido, cuyo idioma no entendía; con 18.000 reales por todo capital, etcétera, etc., concibió una idea desesperada...

Y sacó una pistola.

Recordaba que en otra situación no menos crítica, en que su vida corrió inminente peligro, se había salvado disparando un tiro al aire, y se había propuesto disparar ahora otro... para salir de una vez de apuros...

¡Pero dispararlo también al aire, por supuesto!

Su idea no era desacertada.

—Si aquí hay policía —pensó—, acudirá al oír el tiro. Si no la hay, habrá suicidas y piadosos. ¡Veamos si algún piadoso cree que soy un suicida, y acude a socorrerme! Yo me dejaré socorrer; le daré dinero, y habré encontrado casa y salvado mis baúles.

Hecha esta reflexión, nuestro joven disparó la pistola que había sacado.

Pero no al aire...

Y aquí entra lo más penoso; lo que Serafín no había previsto; lo que el lector no quisiera saber...

XV. Último suspiro

En efecto: triste es decirlo...

¡Serafín no tenía buen pulso!

Así es que en vez de perderse su tiro en el aire, como era su propósito, se perdió en el mar.

¡Gracias a Dios! dirá el lector, dando el último suspiro de los que le ha costado este incidente.

Pues ¿qué creíais? ¿Que Serafín se había suicidado? ¡No era tan tonto!...

Serafín tenía un lazo que lo ligaba a la existencia, y este lazo era aquella frase de Brunilda:

«¡Os lo juro!»

Además, Serafín creía en Dios.

XVI. Donde el autor confía a una tercera persona el relato de la tercera parte de esta novela

No se esperaba Serafín las consecuencias de aquel tiro.

En primer lugar, Rurico de Cálix penetraría en la ciudad de Hammesfert muy convencido de que su rival había dejado de existir.

En segundo lugar, no había pasado una hora desde que el mar recibió aquella ofensa cuando vino a sacar a nuestro músico de sus reflexiones un confuso rumor de voces y pasos...

Volviose, y vio a cuatro hombres vestidos con una librea muy singular, los cuales conducían cierta especie de litera, alumbrándose con antorchas.

Aquel raro cortejo llegóse al joven, que permanecía sentado entre sus baúles, y que hubiera muerto allí sin moverse, porque, como ya habrá tenido el lector ocasión de conocer, la irresolución era la base de su carácter...

Los desconocidos se sorprendieron mucho cuando le vieron levantarse; y uno de ellos, después de hacerle el más profundo y ceremonioso saludo, lo reconoció de arriba abajo, aproximándole una luz.

—¡He aquí la policía! —pensó Serafín.

El que lo había reconocido probó a hablarle en su propia lengua; pero Serafín le hizo señas de que no entendía jota.

Entonces mandó aquel hombre a sus compañeros que cargasen con el equipaje, y ofreció la mano al músico para conducirlo a la litera.

Éste indicó que no necesitaba ayuda ni vehículo, y dioles a entender que anduviesen hacia la ciudad y que él los seguiría.

Salieron, pues, en aquella dirección, y al cabo de media hora llegaron a Hammesfert, que, según hemos dicho, está rodeada de canales.

Una lancha esperaba a la comitiva.

Embarcáronse todos, y la lancha bogó por una calle, tomó por otra, pasó bajo un puente, llegó a una plaza llena de barquichuelos, y vino a pararse en la escalinata de un magnífico palacio.

Serafín se dejaba llevar... Temía, sino es que más bien esperaba, alguna cosa; pero no acertaba a definírsela.

Desembarcó a invitación de los desconocidos, y habiendo hecho señas acerca de su equipaje, le dijeron que permanecerían allí con él.

—¿Serán ladrones? —se preguntó el artista.

Aquel de los desconocidos que hasta entonces lo había dirigido todo, cogió a Serafín de una mano y se puso un dedo sobre la boca, recomendándole guardase silencio.

Pasaron un magnífico patio, subieron una soberbia escalera, atravesaron varias salas y corredores lujosamente amueblados, y al fin se detuvieron en un salón oscuro, que recibía alguna claridad de la Luna al través de los cristales de sus grandes balcones.

—¿Dónde estoy? —pensaba Serafín—. ¿Es esto un sueño?... ¡Oh! no: todo esto es obra mágica de Brunilda.

El desconocido soltó su mano y se alejó.

enseguida se abrió una puerta, dejando ver una habitación, dentro de la cual había luz.

Serafín, acostumbrado a la oscuridad, quedó deslumbrado al pronto.

Al mismo tiempo oyó una exclamación y sintió pasos precipitados.

Una mujer salió corriendo por aquella puerta con una bujía en la mano, y retrocedió asustada.

—¡Serafín! —exclamó.

Era Brunilda.

—¡Brunilda! —respondió el joven, cayendo a sus pies.

La joven estaba pálida, demudada, inundada en llanto, con el cabello descompuesto.

Miró a Serafín ávidamente, llevó a su cabeza una mano inquieta, como si le buscara alguna herida, y murmuró con cierta especie de delirio:

—¡Vive! ¡Vive! ¡No ha muerto!

El joven miraba asombrado a Brunilda, sin comprender la causa de su exaltación.

—Hace una hora... —añadió la joven—. Hace una hora que Abén, el negrito, me dijo que os habíais suicidado... ¡Cuánto he padecido desde entonces!

Serafín lo comprendió todo.

—Os había jurado vivir... Me habíais jurado que os vería otra vez —replicó con ternura—. ¿Cómo había de olvidar mi juramento y el vuestro? Mi juramento era el martirio; el vuestro era la esperanza... Aquí me tenéis, Brunilda, aguardando que decidáis de mi vida y de mi felicidad.

La joven enjugó sus lágrimas y condujo a Serafín al aposento inmediato. Sentáronse en un sofá, y Brunilda cayó en profunda meditación.

Serafín la miraba con enajenamiento.

Pasados algunos instantes, levantó ella la frente, sellada de una resignación dolorosa.

—¡Es tiempo —dijo— de que lo sepáis todo! No seré yo ya quien os ruegue que os alejéis de mí... ¡Vos mismo juzgaréis cuál ha de ser nuestra futura conducta! La casualidad nos ha acercado de nuevo antes del día que yo tenía prefijado... Podemos disponer de algunas horas... ¡Oíd la historia de mi vida!

Serafín estaba en el cielo... Veía el dolor a poca distancia, pero apartaba de él la vista para fijarla tan sólo en aquellos instantes de ventura.

Brunilda continuó:

—Vais a oír lo que a nadie he contado, sino a mí misma en mis largas horas de soledad. Vais a medir el abismo que nos separa; a conocer, en fin, la inmensa serpiente que me ha enredado entre sus anillos, quitándomelo todo: ¡libertad, dicha, esperanza!

Serafín ardía en deseos de conocer aquella historia que tantas veces había inventado él a su arbitrio, rechazando las calumnias del Capitán...

La joven había vuelto a inclinar la frente, abrumada bajo todo el peso de su vida...

Por último, volviose a Serafín, y con voz melancólica y dulce habló de esta manera:

Parte tercera

Historia de Brunilda

Casi el Sol no nacido, ya difunto

Don Pedro Soto de Rojas.

I

Acabáis de arribar al extremo septentrional de la Noruega, a la patria del sempiterno hielo, a la tierra en que yo nací.

No muy lejos de Hammesfert, donde nos hallamos, es decir, a cinco grados más de latitud Norte que el mismo Círculo Polar Ártico, se eleva el castillo de Silly. Edificado en la punta de áspera roca, hunde uno de sus pies de piedra en las aguas del mar, y por el lado opuesto busca su base en un profundo tajo, ruda labor, más que lecho, de desesperado torrente, el cual, después de ceñir la fortaleza por el Este y por el Sur, se arroja en el Océano con pavoroso estruendo. Por la parte del Norte se estrella la vista en una montaña gigantesca, siempre nevada, cuyos escalones de hielo, arrancando desde el foso del castillo, se elevan hasta perderse en las nubes.

En aquella morada, distante de aquí veinte leguas, vine al mundo hace veinticuatro años.

Al nacer perdí a mi madre.

Mi padre era el jarl Adolfo Juan de Silly, caballero de la Orden de Carlos XII y el primer revolucionario de mi patria. Cuando yo le conocí, blanqueaba ya en su cabeza la nieve de setenta inviernos.

Yo era su hija única, su consuelo, su descanso. Pero como casi siempre estaba viajando o mezclado en conspiraciones, y al castillo no iba otra persona que su hermano Gustavo, pasé la infancia y la niñez en una soledad absoluta.

La precocidad de mi pensamiento y la melancolía de mi carácter fueron inmediatas consecuencias de aquella quietud, de aquella soledad, de aquel aislamiento.

Mi genio altivo y los consejos de mi padre me alejaban de todo trato con la servidumbre del castillo, y mi aya, antes mi nodriza, era horriblemente sorda; de modo que, durante las salidas del señor de Silly, pasé meses enteros sin hablar con más personas que con mi preceptor.

Era éste un viejo sabio danés llamado Carlos Yo, amigo de mi padre, quien, desde que tuve seis años, lo puso a mi lado, dándole habitación en el castillo, a fin de que me enseñara todo lo que pudiera aprender mi pobre inteligencia.

Carlos Yo, no sólo había recorrido la Europa, sino que había estado en Egipto con Napoleón, en América con Lafayette, y en Madagascar desterrado. Sabía seis o siete idiomas; respetábasele como historiador; pintaba regularmente, y en música y poesía era un verdadero genio.

De todo esto nació mi deseo de viajar y mi afán por visitar el Mediodía; aquel edén primaveral que me pintaba mi maestro; aquella Italia, aquella Grecia, aquella España, cunas de todos los grandes artistas y poetas que él adoraba y me enseñó a adorar...

Terminada mi educación a los diecisiete años, llena de ideas, de deseos, de delirios, mi desventura estaba consumada.

Aquella soledad, mi carencia de afectos, la triste mansión en que vivía, aquel viejo helado y escéptico, y esta Naturaleza yerta y muda, abandonada por Dios, pesaron sobre mi corazón como las piedras de un sepulcro...

Pensé y padecí. Mi alma desfalleció en el más espantoso desaliento. La tristeza prolongó mis horas. Mi espíritu quedó enteramente postrado, como si ya hubiera vivido tanto como mi maestro.

Mi padre atribuía esta postración a falta de fuerza física; pero Carlos Yo, que había formado mi alma, conoció lo que sucedía, y dio palabra de curarme del propio mal que me había hecho.

¿Qué remedio diréis que dio a mi horrible melancolía?

¡Uno solo, que equivalía a todo un mundo, al mismo cielo! ¡La música!

Haydn, Mozart, Cimarosa, Pergolesse, Rossini, Meyerbeer, Schubert, Weber, Bellini, Donizetti... ¡Todos, Serafín!... Todos nuestros soberanos, todos nuestros semidioses encantaron con sus armonías aquel castillo lúgubre y pavoroso...

Sus obras inmortales se hallaban siempre ante mi vista; sus inspiradas melodías vivificaron mi corazón.

Ya era feliz. ¡Había resucitado! Era joven después de haber envejecido; sentía después de haber meditado; nacía cuando creía morir; amaba... no sabía qué, ni a quién; pero amaba con toda mi alma.

La música, pues, me dio la vida.

Más tarde debía darme vuestro amor...

II

Así viví hasta los veinte años.

Esta Naturaleza pálida y enfermiza hablaba ya dulcemente a mi corazón, y, al llegar el verano, me complacía en subir a la plataforma del castillo a contemplar los grandes fenómenos polares...

El valle de Silly despertaba de su letargo; el torrente volvía a mugir; el Océano suspiraba de nuevo al pie de la fortaleza; los ánades revolaban sobre los lagos; los rengíferos pastaban en los abismos, y los árboles ofrecían al cansado cuervo una rama nueva en que posar su pie...

Incesantemente se deslizaban por el Océano, viniendo del Norte, enormes témpanos de hielo, que pasaban ante el castillo como islas flotantes que huyeran de los rigores del Polo, o como los esqueletos de las embarcaciones que el mar había sepultado. Aquellos ejércitos de sombras, que provenían de los derretimientos del mar Glacial, se tropezaban en su errante camino, produciendo ruidos fragorosos; un hielo encallaba en otro hielo; deteníanse un instante; eran alcanzados por otros; formábase una mole gigantesca, capaz de tocar con sus extremos en los dos mundos, y aquel monolito inmenso bajaba luego por el Atlántico, rugiente, formidable, amenazador... Pero un solo dardo del Sol primaveral bastaba para herir de muerte al coloso, que se liquidaba y desaparecía insensiblemente, como una gigantesca nube se deshace en rocío... ¡Bendita, bendita la primavera! ¡Bendito el aliento del Mediodía! ¡Bendita la zona en que algún día hube de conoceros!...

Pero volvamos al origen de mis desventuras.

Una tarde (recuerdo que era el primero de mayo) paseaba yo por la almenada plataforma de Silly.

El Sol se había ocultado... para reaparecer al cabo de dos horas.

Llegaba una de esas rápidas noches que preceden a nuestro continuo día de siete semanas.

El crepúsculo vespertino duraba aún en el ocaso... y ya lucía el crepúsculo matinal.

Mas, como entonces el Sol se pone y sale casi por el Norte, resultaba que entre aquellos dos crepúsculos, cuya claridad se fundía ca una sola, brillaba un tercer fulgor, que también se mezclaba con ellos: ¡el fulgor de la maravillosa aurora boreal!

Absorta estaba en su contemplación cuando llegó a mis oídos lejana música, que salía del barranco donde rugía el torrente.

Era el gemido de una flauta.

Miré hacia aquella parte, y a la luz del naciente día vi un cazador montañés vestido lujosamente, recostado en altísimo abeto y con los ojos fijos en el castillo.

A sus pies había una carabina de dos cañones.

Él era quien tocaba.

Luego que salió el Sol, pude distinguir su cabellera rubia, larga y ondulante, sus ojos azules y su tez descolorida. Cosa rara en aquel país: era de elevada estatura.

Ya hacía muchos días que aquel cazador rondaba al castillo, y, no sé por qué, desde el primer momento me inspiró una aversión que había de convertirse en odio.

Acaso era porque siempre lo veía perseguir y matar a los pájaros cuyo canto más me agradaba; acaso era por la audacia que revelaba su impasible rostro... En suma: no sólo me disgustaban los agasajos del montañés, sino que su vista me infundía terror; de tal manera, que hasta en sueños aquella figura, siempre clavada enfrente del castillo, me perseguía como genio maléfico, enemigo de mi felicidad.

El desconocido debió de darse cuenta de mi desdén al observar que, siempre que él aparecía en el valle, huía yo de la plataforma. Pero él tornaba, sin embargo, al día siguiente.

En la ocasión que os digo me apartaba ya de las almenas al punto que lo reconocí, cuando divisé a la parte del mar un cuadro que me agradó vivamente.

Al pie del castillo mecíase sobre las aguas una especie de góndola, tripulada por dos remeros y por un joven que, sentado en la popa, tenía entre sus brazos un arpa escandinava.

¡Misteriosos instintos del corazón! Aquel joven me interesó desde luego. Sus ojos y sus cabellos negros, verdadera singularidad en esta tierra, y los primeros que yo veía, llamaron mucho mi atención. Vestía de blanco como los antiguos noruegos, y destacábase admirablemente sobre su túnica el gracioso perfil de un arpa negra con remates de oro.

No diré que fue amor lo que inspiró aquel hombre a mi alma, virgen aún de afectos; pero sí declaro que oí con emoción su serenata; que lo vi partir con pena, y que cuando allá, a lo lejos, me saludó descubriendo su cabeza, abandoné la plataforma como diciéndole: Adiós.

El odioso montañés presenció esta escena muda, y no volvió en muchos días.

También habían pasado dos semanas, cuando torné a ver al desconocido del arpa...

Pero no ya en góndola, sino a bordo de una urca de gran porte.

Apareció por detrás de la isla de Loppen, que está enfrente de Silly, como a una legua de distancia, y cruzó casi por debajo del castillo.

El joven de los cabellos negros venía en la proa, con la mirada fija en mí.

Al pasar por Silly me hizo un saludo, al cual yo contesté.

Al mismo tiempo sonó un tiro en el torrente.

Un marinero que estaba próximo al joven del arpa, cayó herido.

Miré al valle buscando al cazador (pues desde luego supuse que sus celos eran causa de todo), y no lo vi por ninguna parte.

Entretanto saltó a tierra el joven de la urca, seguido de algunos marineros; pero, por más que registraron todo el valle, peña por peña, mata por mata, no encontraron al agresor.

Entonces volvieron a embarcarse.

La urca desapareció al poco tiempo con dirección al Norte.

Lo último que vi fue el humo de un cañonazo, que luego retumbó como lejano trueno...

Era su postrer adiós.

Cuatro años han transcurrido sin que yo vuelva a verle, y el corazón me dice que ha muerto asesinado...

III

—Ahora, Serafín —continuó Brunilda—, para que comprendáis los sucesos posteriores de mi historia, necesito poneros en algunos antecedentes.

Ya sabréis que la Noruega, reino agregado antes a la corona de Dinamarca, pasó no hace muchos años a poder de la Suecia, que dio el cambio a los dinamarqueses toda la Pomerania.

Pero lo que no sabréis es que el corazón de los noruegos no ha aceptado ni aceptará nunca este tráfico inmoral que los puso en manos de sus tradicionales adversarios; pues nosotros odiamos de muerte a nuestros vecinos, quizá porque lo son.

Así es que, a pesar de habernos dado la Suecia una Carta muy amplia, que nos constituye en cierta especie de democracia presidida por un rey, la patria del gran Sverrer, la que vio en otro tiempo sucederse en Cristiania la gloriosa dinastía de sus reyes propios, conspira sin cesar por romper aquel tratado... ¡Y lo conseguirá, Serafín; pues todo pueblo generoso concluye siempre por conquistar su independencia!

Para ello está minada la Noruega por una Sociedad secreta, que se reúne cada mes en pequeñas secciones, de las cuales salen diputados para la Dieta clandestina, que acude todos los años a Spitzberg, a la isla de Nordeste, que está completamente deshabitada a causa del frío.

En esta isla hay un gran salón subterráneo, donde se van reuniendo las armas y los tesoros de esta inmensa conspiración, y en el cual se celebra la sesión anual de los diputados noruegos.

La importancia de la revelación que os hago no se os ocultará, Serafín; creo inútil, pues, encargaros el secreto. Yo lo sabía todo por mi padre, que se hallaba afiliado en la sección de Malenger, ciudad no muy distante de Silly, a la cual iba el anciano con frecuencia.

Estos viajes solían ser de tres o cuatro días; pero el que emprendió la misma tarde en que pasó la urca por delante de Silly se prolongó mucho más, sin embargo de no habérmelo advertido...

Ya estaba yo muy inquieta, cuando, el día que hacía ocho de su partida, entró mi padre en el castillo sobre un caballo que no era el suyo.

Venía pálido, más delgado y con la huella del sufrimiento en su venerable rostro. Yo me asusté sobremanera... Pero él me tranquilizó, aunque diciéndome al mismo tiempo que tenía que hablarme reservadamente.

Quedamos solos, y he aquí la relación que me hizo:

IV

—Volvía de Malenger hace cuatro días, cuando, al pasar por las gargantas del Monte Bermejo, caí en poder de unos bandidos.

Bajáronme del caballo, atáronme los brazos a la espalda y me obligaron a penetrar por un barranco, en cuyo término había una pequeña explanada rodeada de cuevas.

Al verme llegar, adelantose hacia mí un enmascarado, a quien dieron los bandidos el nombre de capitán.

El capitán, pues, me desató los brazos y me condujo a la menos repugnante de aquellas cuevas.

—Sentaos... —me dijo, haciéndolo él.

Yo lo imité.

Su voz era juvenil y su porte distinguido.

—Jarl... —prosiguió el enmascarado—: he turbado vuestra tranquilidad...

—¡Basta!... —interrumpí yo—. ¿Quieres mi dinero? Toma.

Y arrojé mi bolsa a sus pies.

—Tomad vuestro oro... —dijo el bandido con voz alterada—. Aquí no se trata de eso.

—Pues ¿de qué se trata?

—De vuestra hija.

—¡De Brunilda! —exclamé aterrado.

—¡Al fin sé su nombre! —murmuró el desconocido.

—¡Mátame! —repliqué sin vacilar.

—¡Vos lo habéis dicho! —repuso con voz sorda y tranquila.

Yo me estremecí, porque me entró el temor de no volver a verte.

—Una palabra más... —añadió el bandido—. ¡Yo la amo!... Os la pido en casamiento.

—¿Quién eres? —pregunté asombrado ante aquella osadía.

—Óscar el Encubierto.

—¡Tú! —exclamé horrorizado al verme enfrente del Niño-Pirata, como le dicen las gentes de mar.

Hasta entonces, y aunque debí sospecharlo al ver la máscara del bandido, no había yo pensado en tal cosa; y era que nunca había oído decir que el terrible corsario hiciese correrías por tierra.

—Tenéis tres días... —añadió levantándose—. ¡Vuestra hija, o la muerte! ¡Os lo juro por mi rostro, que nadie ha visto ni verá!

Y salió de la cueva, cerrándola con dos o tres llaves.

Yo no repliqué ni rogué.

Sabía que el Niño-Pirata era inflexible.

Aquella noche me dormí.

A la mañana siguiente había tomado una determinación desesperada, acaso inútil; pero la única que me quedaba en tan horrible situación.

—Tengo cuarenta horas... —me dije—. Este terreno es blando y húmedo: detrás de esta explanada hay otro barranco... Procuraré escaparme.

Y con un afán indescriptible, valiéndome, ora de las uñas, ora de mis espuelas, me puse a hacer un agujero de media vara cuadrada en la pared del fondo de aquella cueva, asaz profunda y lóbrega.

Al rayar el otro día, que era el del plazo fatal, llevaba hecha una excavación de seis varas.

¡Y todo esto sin comer, sin beber, sin dormir!

La desesperación me ayudaba y la blandura del terreno se prestaba a mis esfuerzos.

Al mediodía empecé a escuchar el ruido del torrente, cuyo lecho es el mismo barranco que yo buscaba a través de aquella galería...

¡Una hora más, y estaba libre!

Emprendí mi tarea con nuevo ardimiento, y ya tocaba al fin de mis afanes, cuando oí sonar las cerraduras de mi prisión.

Salí presuroso del agujero; sacudí mis cabellos y mis vestidos, y esperé con un ansia horrible...

La puerta se abrió, dando paso a un hombre.

Era Óscar.

Venía enmascarado como siempre.

—¡Tres días! —dijo, mostrándome un reloj.

—Y bien... —murmuré, interponiéndome entre él y el fondo de la cueva.

Pero mis precauciones eran inútiles; la oscuridad de aquel punto no permitía ver mi trabajo.

—Ya lo sabéis... —contestó el Encubierto a mi interpelación—. ¡Brunilda, o la muerte!

El frío del sepulcro se apoderó de todo mi cuerpo.

—¡Responded pronto!... —añadió el pirata.

Una súbita idea cruzó por mi mente.

—Aún no me he decidido... —contesté.

Déjame pensarlo esta noche.

Mi idea era concluir la excavación y evadirme.

—Tiempo habéis tenido de reflexionar... ¡Decidíos! —replicó el facineroso.

Era tal la voz de aquel hombre, que no admitía apelación.

—¡La muerte! —respondí.

—¡Sea! —dijo él con frialdad—. ¡Yo me apoderaré de vuestra hija sin que vos me la deis!

Salimos de la choza, cruzamos la explanada y llegamos al barranco.

Miré hacia atrás, y vi que nadie seguía al Encubierto.

Él se bastaba.

Quería ser juez y verdugo, como yo era juez y víctima.

¡Qué cuadro aquel, hija mía!

Él con una pistola en cada mano...

Yo sin armas.

Él joven, fuerte, ágil...

Yo viejo, débil, con tres días de ayuno y de insomnio.

—¡De rodillas! —exclamó el Encubierto.

Yo me arrodillé, poniendo mi pensamiento en Dios y en ti.

—¡Por última vez!... —añadió el pirata—: ¡Decidid entre la paz o la muerte!

—¡Maldito seas! —respondí, cubriéndome los ojos con las manos.

El bandido montó una pistola.

—¡Esperáis que me apiade! —murmuró sarcásticamente—. ¡Qué locura!

—¡Tira! —grité con mi último resto de valor.

Una fuerte detonación ensordeció el espacio.

¡Cosa extraña! ¡No me sentí herido!

Pasada la primera emoción, levanté la cabeza y vi al enmascarado rodar al fondo del barranco.

Miré a mi alrededor, no explicándome aquel misterio, y distinguí a un joven de gallarda presencia, que se acercaba a todo el galope de un brioso alazán.

Apeose; dejó en el suelo una carabina aún humeante, y, cogiéndome en sus brazos, exclamó:

—¡He llegado a tiempo!

—¡Os debo la vida! —contesté, estrechándole a mi corazón—. ¿Cómo podré pagaros?...

—¡Anciano! —respondió el joven con dignidad—. No os he salvado por la recompensa. Volvía de Malenger por este camino extraviado, temiendo que los bandidos de Monte Bermejo me arrebatasen unos papeles importantes que llevo en mi cartera, cuando os vi de rodillas al lado de vuestro asesino... ¡Dios ha querido que salve a un inocente y purgue a la tierra de un malvado!

—¡Ah!... ¡Nunca lo olvidaré! —repliqué, volviendo a abrazarlo—. ¡Decidme quién sois! ¡Sepa un padre a quién debe la dicha de abrazar a una hija adorada!...

—¡Hablad! ¡Hablad! Yo conozco vuestra voz —exclamó el joven—. Yo acabo de oírla... ¡Ah, qué idea!

Y llevándose la mano a la frente, hizo uno de los signos de la Asociación de Malenger.

—No os engañáis... —respondí—: ¡somos hermanos!

—He oído vuestro discurso de hoy —replicó él—. Como estábamos todos enmascarados, no he podido reconoceros. ¡Sí, somos hermanos!

—¡Y amigos! —añadí con toda la efusión de mi alma—. Yo soy el jarl Adolfo Juan de Silly.

—¡Vos! —exclamó el mancebo con indecible sorpresa—. ¡Gracias, Dios mío!

—No os comprendo... —murmuré al ver aquella emoción extraordinaria.

—¡Ah, señor! —añadió el joven—. ¿Por qué he de ocultároslo? Yo soy el jarl Rurico de Cálix. Mi castillo se halla a una legua del vuestro... ¡y amo a vuestra hija! Me hablasteis de recompensa hace poco... Vos conocéis mi estirpe... Pues bien... ¡No en nombre del servicio que os he prestado, sino rendido a vuestros pies, os pido la mano de Brunilda!

Aquel amor tan elocuente, aquella ocasión, la seguridad de tu júbilo al verme después de tan grande peligro, todo, en fin, me hizo no vacilar.

—Será vuestra esposa... —respondí tendiéndole la mano...

—¡Jurádmelo, señor!

—¡Os lo juro! —dije, señalando al cielo.

—¡Ah! ¡Soy dichoso! —exclamó él, besándome aquella mano—. ¡Ahora, oíd! —continuó con solemnidad—. Yo soy el encargado en Malenger para ir a

Spitzberg a dejar las actas de este año y todos los documentos recogidos hoy... Sabéis lo peligroso de este viaje, que debo emprender ahora mismo, pues mi barco me espera en la ensenada que hay detrás de este monte, a media legua de aquí... Si tardo... ¡que Brunilda me espere! Si pasa un año y no he vuelto... ¡Brunilda es libre!

—¡Os lo juro! —volví a decir, cada vez más prendado de mi salvador.

Hízome entonces subir en su caballo; cogiólo del diestro, y caminamos juntos hasta la orilla del mar.

Allí lo esperaba un buque.

Yo no le insté para que viniese a Silly, porque sabía la urgencia de su peligrosa comisión: él me obligó a quedarme con su alazán; nos despedimos tiernamente, y aquí me tienes, hija mía, sin tranquilidad ni ventura hasta saber si te adhieres o no a mi juramento.

—¡Ah, padre mío! —contesté, besando sus venerables canas—. ¿Podéis dudarlo? ¡Mi corazón ama ya, sin conocerlo, al que le ha devuelto vuestro cariño, vuestra preciosa existencia! Pero, aunque fuera mi mayor enemigo, os juro, por Dios y por la madre que perdí, ¡que Rurico de Cálix será mi esposo!

V

Pasaron cinco meses sin que nada notable ocurriera en el castillo.

Desapareció el Sol completamente; el frío se presentó más intenso que ningún año; mi padre se agravó de sus achaques, empezando a inclinarse hacia el sepulcro; mi tío Gustavo se fue a vivir con nosotros, y Carlos Yo volvió a Copenhague, dando por terminada mi educación.

Yo no torné a ver al montañés de la flauta.

El bardo del arpa negra dejó también de aparecer por los alrededores de Silly.

Rurico de Cálix no vino tampoco a reclamar su promesa.

Transcurrió otro mes, durante el cual mi padre, cada vez más débil y abatido, no dejó el lecho.

Entonces se presentó un correo con una carta, que decía así:

«Jarl:

»No he olvidado vuestro juramento.

»Espero de vuestra honradez que os suceda lo mismo.

»Acabo de llegar de Spitzberg, y no sé cuándo podré presentarme a reclamar mis derechos; pero será antes del plazo fijado.

»Como la vida es la probabilidad de la muerte, desearía que exigieseis a vuestra hija y a su tío (que supongo será su tutor cuando bajéis al sepulcro) el cumplimiento de lo que me jurasteis.

»Así lograremos más tranquilidad, vos en la muerte y yo en la vida.

»Rurico de Cálix.»

La rudeza de esta carta afectó mucho a mi padre.

A mí no pudo menos de inspirarme un sentimiento de rebeldía contra el que la había escrito.

Pero mi padre y yo teníamos prestado un juramento que era forzoso cumplir. Es más: receloso ya el noble anciano, en vista del disgusto que nos había causado a todos aquella lectura, nos llamó una noche a mi tío y a mí al lado de su lecho, nos hizo volver a jurar el cumplimiento de su promesa, encargó mi tutela a Gustavo y nos bendijo...

Ya dábamos por segura la muerte del anciano, cuando empezó a reponerse...

La vuelta de la primavera acabó de restablecerlo, y a mediados de abril salió de Silly, después de once meses de clausura.

Despidiose de todos por cuatro días, diciendo que iba a Malenger... y ¡pobre padre mío! su cadáver fue el que volvió...

¡Sí, Serafín! ¡Su cadáver, bañado en sangre, cosido a puñaladas!

Tal lo encontraron unos pastores en los desfiladeros del Monte Bermejo.

¡Tal lo llevaron al castillo!

¡Óscar, el Encubierto, había sido vengado!

VI

Quince días después de la muerte de mi padre se detuvo un lujosísimo caballero en la puerta del Silly.

Pidió hospitalidad y fue admitido.

Mi tío y yo pasamos al gran salón de los condes, y dimos orden de que introdujeran al huésped.

Abriose la puerta, y uno de nuestros servidores anunció:

—El jarl Rurico de Cálix.

Mi tío se adelantó a recibir al recién llegado.

Yo creí morir al verlo entrar.

¡Era el cazador montañés que tanto aborrecía!

Era el Capitán del Leviathan, a quien ya conocéis.

—Señora... —dijo el joven, inclinándose fríamente ante mí—. Si no tuviéramos el sentimiento de llorar la muerte del jarl de Silly, él me presentaría a vos entre sus brazos y os diría la alta consideración con que soy vuestro admirador más humilde y apasionado.

—Recibid, señor... —le contesté—, la ofrenda de mi gratitud. Yo bendigo en vos al que en otro tiempo me conservó un padre... que después me ha sido arrebatado.

—Admito esas palabras con tanto más placer, cuanto que me recuerdan otras no menos gratas del difunto jarl... —contestó el joven saludándome de nuevo.

—Y esas palabras... —murmuré con terror.

—¿Las ignoráis? —replicó vivamente—. ¡Son un juramento!

—Lo sé.

—Entonces, señora, espero...

—Bien, jarl... —repuse sin saber lo que decía—. Pero ved...

—¿Qué deseáis? —preguntó Rurico, palideciendo.

—¿Y vos?

—Yo, con el mayor respeto, pido al señor Gustavo de Silly la mano de su pupila la jarlesa Brunilda.

—Y yo, caballero... —respondió mi tío—, os la concedo con el mayor placer, y cumplo así lo que he jurado.

—También me atrevería a suplicar... —añadió el de Cálix— que nuestro enlace se verificase lo más pronto posible.

—Nos permitiréis un año... —replicó mi tío—. Mi hermano acaba de morir.

—No es sólo eso... —observé yo entonces.

Por mi parte desearía otro plazo... además del exigido por el luto.

Rurico me lanzó una mirada ardiente.

—Yo no os amo, jarl... —le dije con entereza—, y desearía trataros antes de ser vuestra esposa.

Los ojos del joven se inyectaron de sangre.

—Yo sí os amo, señora... —murmuró con voz alterada—. Os amo hace mucho tiempo... y vuelvo a suplicaros que no retardéis el día de mi ventura.

—¡Jarl! —repuse con altivez—. Ni mi padre ni yo hemos jurado nada relativo a fechas...

—¡Señora! —replicó Rurico con los labios trémulos—: ¡fuera un horrible escarnio que, valida de ese pretexto, excusarais vuestro deber!... ¡Según lo que decís, pudierais esperar a que blanqueasen vuestros cabellos ante de ir al altar conmigo!

—Caballero, me ofendéis... —respondí con dignidad—. Sólo os pido cuatro años.

—¡Cuatro años! —murmuró el joven con despecho.

—Y, en tanto —dije yo a mi tío—, recorreremos la Europa, según tenemos proyectado.

Una viva transición se obró de pronto en la fisonomía de Rurico.

—¡Sea! —apresurose a decir—. Dentro de cuatro años... El día 7 de mayo de...

—Permitid, jarl, que fije el plazo yo misma... —le interrumpí—. Somos 7 de mayo de 18... Pues bien: el día 7 de agosto de 18... os acompañaré al altar.

—Bien, señora... —respondió el jarl de Cálix—. Me arrebatáis otros tres meses... Pero acepto. Tomad mi sortija.

Y me entregó este anillo, cuyo blasón no he comprendido nunca.

—¡Yo soy testigo!... —añadió el hermano de mi padre.

—Entretanto, jarl, viajaréis con nosotros, puesto que Brunilda quiere trataros.

—Con sumo placer... —respondió el joven—; y, si me creéis digno de tanta honra, pondré a vuestra disposición un bergantín que acabo de comprar en Liverpool—. Se llama Leviathan.

—Aceptamos —respondió mi tío.

—Mañana partiremos —añadí yo.

—Convenido —concluyó el de Cálix, saludando.

VII

—Sabéis lo demás, Serafín —prosiguió Brunilda.

He estado en Cristiania, Stockholmo, Copenhague, Londres, París, Viena, Venecia, Lisboa y Sevilla.

En algunas de estas poblaciones he cantado cediendo a mi afición, y por esta circunstancia me habéis conocido.

Ahora quería ir a América; pero el plazo de los cuatro años se cumple dentro de dos meses, y Rurico de Cálix me reclama mi juramento.

He inclinado la cabeza, y lo he seguido a esta ciudad...

Desde aquí partiremos a Silly dentro de tres días, y ¡adiós, mundo! ¡adiós, esperanza! ¡adiós, todo! ¡Quedaré sepultada en vida!

PARTE IV. SPITZBERG

I. Brunilda y Serafín vuelan juntos

Según avanzaba Brunilda en la relación de su historia, Serafín se fue poniendo pálido, lívido, desencajado...

Cuando la joven concluyó, el infeliz amante había inclinado la cabeza con absoluto desaliento... Dijérase que iba a morir.

Brunilda lo miró intensamente; apoderáse de sus manos, y dijo con ademán y acento de inexplicable grandeza:

—¡A vuestro corazón apelo! ¿Qué puedo hacer?

—Casaros con Rurico de Cálix... Cumplir vuestro juramento... —murmuró el joven con una tranquilidad horrible.

La Hija del Cielo arrojó un profundo suspiro, como si a su vez le faltase la vida.

Pasaron algunos instantes de silencio.

—¿Y en estos cuatro años?... —balbuceó Serafín.

—¡He aprendido a aborrecerlo más y más! —interrumpió ella.

—¡Sois muy desdichada!

—¡Sí!

—¡Ese hombre es un infame!

—¡Lo sé!

—¡Un vil, un desalmado, un réprobo!

—¡Ah..., callad!... ¡Ese hombre será mi esposo!

—¡Puedo evitarlo! —exclamó Serafín levantándose.

—¡No..., no..., amigo mío!... —replicó Brunilda—. ¿Y mi padre? ¿Y mi juramento?

¡Vos no podéis matar a Rurico!... ¡Sería un sacrilegio! ¡Ni yo me uniría nunca al matador del que salvó la vida al jarl de Silly!

—¡Pero el salvador de vuestro padre ha querido después asesinarme alevosamente!

—Me dirá que tenía celos, y que yo di motivo para que los tuviera...

—¡Conque no hay remedio!

—¡Ninguno! —respondió Brunilda con la calma de la muerte.

—¡Conque he de abandonaros!

—¡Sí, Serafín; dentro de una hora moriremos el uno para el otro!

—Conque dentro de una hora... —prosiguió el joven con voz enronquecida— he de salir por esa puerta diciendo a mi corazón: «¡Ya no hay ventura!...»,

129

diciendo a mi amor: «¡Ya no hay esperanza!... ¡Hay un nunca, un implacable nunca entre la felicidad y nosotros!».

Serafín calló algunos segundos.

Brunilda lloraba.

—¡Y luego vivir! —continuó el joven—. ¡Deslizarse por el tiempo con un dolor inextinguible, con un deseo irrealizable! ¡Recordar esta hora, aquella noche, aquellas armonías; recordar que os he visto a mi lado; que nos unía el corazón; que se tocaban nuestras manos; que se miraban nuestros ojos, que se hablaban nuestras almas; que temblábamos de amor, como dos flores de un mismo tallo; que todo nos enlazaba, la pasión, el arte, el pensamiento; y que fue preciso separar esos corazones, desviar esas miradas, tronchar el tallo de esas flores, desenlazar esas manos, romper esa simpatía, destruir esa ventura! ¡Recordar que sonó una hora en que el mundo cayó entre nosotros, poniendo la barrera de lo imposible entre la ilusión y la realidad, entre vuestro porvenir y el mío, entre mi felicidad y la vuestra!... ¡Y luego vivir!... ¡Vivir! ¡Ah! ¡Esto no puede ser!

El joven golpeó su frente con desesperación.

Pasó otro intervalo de silencio.

—Serafín, oídme... —murmuró Brunilda, en cuyos ojos brillaron una luz celestial, una vida eterna, una esperanza divina—. Quiero que viváis: quiero que seáis dichoso: quiero serlo yo también... Escuchad cómo. No os diré yo que me olvidéis... ¡No! ¡Esto es imposible! No os diré tampoco que os acordéis de mí con la desesperación que me habéis pintado... ¡Quiero otra cosa..., y vais a comprenderme! Quiero que nos separemos sin desunirnos; que vivamos el uno para el otro; que, a través de la distancia, se busquen nuestros pensamientos; que a cualquier hora sepa vuestro corazón que hay otro corazón en el mundo que late a compás con él; que de día, de noche, hoy, mañana, dentro de veinte años, digáis desde vuestra patria, desde el fin del universo: «Te amo, Brunilda!», y estéis convencido de que el viento que acaricie enseguida vuestra frente os responde: «¡Te amo, Serafín!». Quiero que creáis que ese viento es mi voz..., y lo será sin duda... porque siempre os estaré bendiciendo. Quiero que cuando beséis una flor, digáis: «¡A ella!», y que no dudéis que en el mismo instante estoy diciendo yo, viendo volar un pájaro: «¡A él!». Quiero que cuando veáis a ese pájaro llegar del Norte, exclaméis: «¡Brunilda!», como yo, cuando vea llegar una nave por el Mediodía, diré: «¡Serafín!». Quiero que, cuando oigáis el final de Norma, me veáis a vuestro lado, bien seguro de que mi alma, mi pensamiento, mi memoria, no estarán en otra parte. Quiero, en fin, que cuando pasen muchos años, y podáis imaginar que he muerto, sigáis haciendo lo mismo, hablándome, viéndome, adorándome, en tanto que yo, muerta o viva, entre el último suspiro, desde la tumba o desde el cielo, estaré bendiciéndoos, repitiéndoos un inmortal ¡le amo! Ya veis, Serafín, que os propongo una unión indisoluble, que va más allá de la vida, que triunfa de la ausencia, de la distancia, de los ultrajes de la edad, de la muerte. ¡Vivir así es la beatitud del cielo, la juventud eterna, la existencia perdurable, una gloria anticipada! Por algo y para algo, Serafín, nos dio el Criador un alma inmortal... Mi alma no es ni puede ser de Rurico de Cálix. Mi alma es vuestra. ¡Amémonos con el alma! Yo juré ante Dios dar la mano de esposa al salvador de mi padre, y cumpliré mi juramento, aunque le odio. Pero mi corazón, mi espíritu, mi voluntad, ¡Dios lo sabe! os pertenecerán eternamente. Ahora, sentaos a ese piano... ¡Vamos a despedirnos en el divino lenguaje del alma!

Serafín había seguido a la Hija del Cielo en aquella atrevida inspiración, palpitante, arrebatado, suspenso, cual si escuchara la voz de un ángel, y, cuando la joven dejó de hablar, cayó de rodillas ante ella, con las manos cruzadas, desfallecido de amor...

Brunilda estaba de pie. El genio radiaba en su frente; la pasión fulguraba en sus ojos; el sublime canto de Bellini brotaba de sus labios...

Serafín corrió al piano, y tocó y cantó las patéticas melodías del final de Norma como nunca fueron oídas por nadie...

Las lágrimas salían presurosas a escucharlas, y el corazón respondía a sus lamentos.

Serafín, con la cabeza vuelta hacia Brunilda, le expresaba además en sus miradas los pensamientos de amor y muerte de aquella suprema despedida.

Brunilda, apoyando una mano sobre el hombro de Serafín, elevada sobre él, inundándolo de luz, de amor, de poesía, envolviéndolo en su voz, en su ademán, en su aliento, en su dulce calor, en el aroma que se desprendía de ella, profería aquellas sentidísimas frases:

So terra ancora

Sarò con te,

como si improvisase lo que cantaba, como si fuese la propia Norma bajando a la frente de Bellini, o la misma música dormida en los pliegues del aire; como ilumina la luz, como las flores exhalan su fragancia...

Ayer, hoy, mañana; Sevilla, Hammesfert, Silly; el amor, la despedida, la ausencia; la esperanza, la dicha, el recuerdo; el fuego, la llama, la ceniza: todo palpitó en aquellos cánticos, todo se lo dijeron aquellas almas...

Y cesó la armonía, y aún resonó en sus oídos...

Y callaron, mirándose, enlazadas las manos...

Y cuando la luz del Sol inundó el aposento, Brunilda y Serafín seguían aún mirándose, sin pensar, sin hablar, fuera del mundo, fuera de esta realidad palpable que nos oprime, de este ser, esclavo de la vida, que nos ata a la tierra; lejos, sí, muy lejos del imperio del tiempo, de la prisión del espíritu, de las cosas que transcurren, de las historias que se cuentan...

Un beso mutuo, un dilatado beso, ni premeditado ni pedido, sino espontáneo, instintivo, abrasador, terminó aquel misterioso coloquio de sus almas.

Separáronse enseguida bruscamente, él para salir de la habitación, ebrio, aturdido, vacilante, y caer en brazos del que allí lo condujo; ella para languidecer como flor moribunda, y desplomarse al fin sobre la alfombra, sin gritos, sin color, sin conocimiento.

II. Lector lo siento mucho; pero sucedió como te lo cuento

Cuando Serafín volvió en sí, hallose en cama, en una habitación desconocida, sin memoria de lo que había pasado, y sin más cuerpo de que disponer que unos huesos inertes liados en un pellejo flojo y amarillo.

A la cabecera de su cama se hallaba Abén, el negrito de Brunilda.

—¿Dónde estoy? —preguntó, sin recordar que el africano manifestó en otra ocasión no entender los idiomas que él poseía.

—En Hammesfert, en el Hotel del Oso Blanco... —respondió el negrito en correcto francés.

Serafín lo miró sonriendo, y le dijo:

—¡Hola! ¡Parece que ya nos entendemos!

El nubio enseñó a Serafín toda su caja de dientes, digna de figurar entre las fichas de un dominó.

—¿Quién me ha traído aquí? —siguió preguntándole nuestro héroe.

—Yo.

—¿Cuándo?

—Hoy hace un mes.

—¡Un mes!

—Ni más ni menos. ¡Habéis estado agonizando!...

—¿Qué he tenido?

—Fiebre cerebral.

—¿Y Brunilda?

—La señora jarlesa se fue a Silly hace veinte días...

—¿A cómo estamos?

—A 3 de julio.

—¡Es decir, que no se ha casado todavía! —exclamó Serafín, procurando inútilmente incorporarse.

—No se casa hasta el 7 de agosto... —respondió Abén.

—¿Y Rurico?

—En Silly con el señor Gustavo. Ambos creen que os suicidasteis hace un mes.

—¡No se engañan! —pensó Serafín—. ¿Y mi equipaje? —preguntó al cabo de un momento.

—Miradlo... —respondió Abén, señalando al fondo de la habitación.

—¡Para siempre! —exclamó Serafín, cubriéndose el rostro con las manos.

El negro ocultó su caja de dientes.

—¿Cuándo podré levantarme? —preguntó el músico después de un momento.

—Dice el médico que dentro de diez días.

—¿Y la señora? ¿Qué te ha dicho?

—Que os cuidase mucho y os aconsejara volver a vuestro país cuando estuvieseis bueno.

—¡Para siempre! —tornó a exclamar Serafín.

El negro volvió a descubrir su dominó.

—También me dio esta carta... —añadió, alargando un papel al enfermo.

Éste lo abrió, trémulo de amor y de angustia.

Decía así:

Vivir es amar.

Vivamos, Serafín.

Adiós.

Hasta siempre.

Brunilda.

El joven besó el papel y volvió a quedar sin conocimiento.

Al cabo de ocho días se levantó.

—Ve al puerto, Abén... —dijo al negrito—, y búscame un pasaje para cualquier puerto del Mediodía.

—No hay barco, señor —dijo a Serafín.

—¡No hay!

—No; pero se espera dentro de quince días una urca que viene de Spitzberg con dirección a Cádiz. Dicen que permanecerá una semana en Hammesfert.

—Partiré en esa urca —murmuró nuestro joven.

—Bien; descuidad en mí... —dijo el negro.

Ocho días después Serafín salió a la calle.

El Sol no se ponía hacía dos o tres semanas, sino que giraba en torno del cenit, trazando una espiral.

Hacía calor.

Ningún hombre ha pasado días tan desesperados, tan lentos, tan aburridos, como Serafín en Hammesfert.

Transcurrió otra semana, y la anunciada urca, cuyo nombre era Matilde, fondeó en el puerto.

Abén dio a Serafín un billete de pasaje para el día 3 de agosto, y recibió su importe de manos del músico.

Pasó, en fin, la tercera semana, y llegó el día de la partida.

Nuestro joven escribió la siguiente carta, que entregó a Abén después de darle un estrecho abrazo:

¡Adiós, adorada Brunilda!

Te escribo el 3 de agosto...

Dentro de cuatro días... iré yo por los mares con dirección a mi patria... ¿A qué? ¡Dios mío! ¡A morir, o a vivir muriendo!

Dentro de cuatro días... estarás tú caminando hacia el altar.

¡Somos muy desdichados!

¡Adiós, Hija del Cielo! ¡Adiós, idolatrada Norma! ¡Adiós, Brunilda mía!

Serafín.

Después de esta suprema despedida, que costó al músico las últimas gotas de su apurado llanto, quedó tranquilo, indiferente, estúpido.

Dos horas más tarde se embarcaba en la urca Matilde, que ya se preparaba a salir con rumbo a España...

Saludó por última vez al negrito, que agitaba su gorro turco desde el muelle, y la urca se hizo a la vela.

Serafín tembló todavía al ver que se apartaba de aquella costa, donde dejaba todas sus ilusiones, toda su dicha, toda su esperanza... Cuando cesó aquel postrer síntoma de sensibilidad, creyó que ya se habían interpuesto mil leguas entre Brunilda y él.

—¡He muerto a los veinticuatro años! —dijo con una frialdad y una calma de que nadie le hubiera creído capaz.

Y miró a su alrededor como un autómata, como un insensato, como un loco...

Entonces no vio otra cosa que olas, y olas, y más olas... Olas por Levante, olas por Poniente, olas por el Norte y olas por el Mediodía.

III. La dicha está en el fondo de un vaso

Serafín se dirigió a la cámara de proa y se dejó caer sobre un asiento, apoyando los codos en la gran mesa de aquel salón-comedor.

Allí permaneció largo tiempo inmóvil y silencioso como un cuerpo sin alma.

Al cabo de dos horas levantó la cabeza, y pidió ponche, mucho ponche, con ron de Jamaica, mucho ron...

Trajéronle una enorme ponchera.

—¡Así dormiré! —se dijo.

Y llenó el vaso hasta los bordes.

Bebióselo lentamente, con la cabeza tirada atrás, fijos los ojos en el ardiente licor; pero, al apurar la última gota, vio en el fondo del vaso la figura de un hombre que penetraba en la cámara en aquel instante.

El vaso se le cayó al suelo, mientras que él daba juntamente un grito y un salto, y quedaba de pie, tambaleándose, sin creer en lo que veía...

—¡Diablo! ¡Rediablo! ¡Diablísimo! ¡Protodiablo! ¡Archidiablo! ¡Non plus ultra diablo! ¡Diablo Cojuelo! —exclamaba en tanto el aparecido, lanzándose a Serafín, cubriéndole de besos y estrechándole entre sus brazos.

¡Era Alberto!

El músico se restregó los ojos, se los estiró con los dedos, tocó como santo Tomás, y dudó todavía.

—¡Alberto! —exclamó por último—. ¡Alberto mío! ¡Alberto de mi alma!

Y se quedó un instante como traspuesto, entregado a su júbilo, a su sorpresa, a su felicidad...

Luego languideció otra vez y volvió a desplomarse sobre el banco.

—¡Te dejé bebiendo y te encuentro en lo mismo! ¡Bravo, querido Serafín! —exclamó Alberto abrazando nuevamente a su amigo. Pero ¡diablo! ¿Cómo es que te hallo aquí? ¡Tú en Laponia! ¡Tú, que reprobabas mi viaje! ¡Tú, que ibas a Italia!

—¡Italia! —murmuró Serafín, a cuyos ojos volvían las bienhechoras lágrimas.

—Ya sé que equivocaron nuestros billetes... —continuó Alberto—. ¡Mas no por eso he ido yo a Italia, como tú has venido a Laponia! Y ¿qué te ha parecido mi Norte? Pero te encuentro pálido... ¡Lloras! ¿Qué tienes, mi querido amigo?

Serafín no pudo responder. ¡Le agradecía tanto a Dios aquel encuentro! ¡Le recordaba Alberto tantas cosas!...

—¡Qué noche aquélla, Serafín! —prosiguió el incansable cosmopolita, hablando de mil cosas a un tiempo, como tenía de costumbre—. Estábamos borrachos en los tres grados que marcan los autores: Chirlomirlos, Cogegallos y Patriarcales... Yo advertí la equivocación... al día siguiente; me quedé en Gibraltar, y tres días después... no creas que fui a Sevilla ¡Diablo! ¡Amo demasiado a Matilde para verla con tranquilidad! Y, dime: ¿sabes algo de ella?

Serafín suspiró al oír el nombre de su hermana.

Alberto continuó:

—Pues, señor, tres días después, hallándome sin buque en que hacer mi expedición al Polo, compré esta urca; la tripulé; la confirmé con el nombre de Matilde...

Alberto hizo otra pausa, mirando a Serafín.

—¡Mucho la amas! —suspiró el músico.

—¡Más que a mi vida! —replicó Alberto con vehemencia—. ¡Cada vez más! ¡Es el único dolor que me avasalla! ¡Es mi única debilidad en el mundo!

Luego continuó, dominándose:

—Bauticé, digo, la urca con el nombre de tu hermana... y me nombré a mí mismo Capitán. ¡Sabe, pues, que estás bajo mis órdenes!

Serafín sonrió a pesar suyo.

—En fin... —prosiguió Alberto—. Después de un mes de navegación llegué a este maldito Hammersfert, donde permanecí dos días. enseguida enfilé la proa al Polo, y he hecho mi anhelada visita a Spitzberg. ¡Qué cosas tan magníficas, tan sorprendentes he observado en aquella región! Pero ¡hombre! ¿qué tienes? ¡Tú estás triste hasta la medula de los huesos! Tristis est anima tua usque ad mortem! que hubiera yo dicho en mis tiempos de teólogo.

—¡Ay, Alberto!... —suspiró Serafín, a quien la locuacidad de su amigo le comunicaba deseos de hablar.

—¿Qué te pasa, diablo? ¡Cuéntamelo todo! Tú sólo bebes en las situaciones culminantes... ¡Algo extraordinario te ha sucedido!

—Te lo contaré todo muy despacio... —dijo Serafín—. Ahora no me siento con fuerzas... Sabe, por de pronto, que la Hija del Cielo...

Alberto interrumpió a su amigo con una ruidosa carcajada.

—¡Cien veces diablo! —exclamó—. ¿Conque aquel amor es la causa de tus penas? ¿Conque no has olvidado a esa mujer? Pues, señor, ¡te compadezco! —añadió, mudando de tono—. ¡No hay peor cosa que un amor imposible! ¡Tampoco puedo yo olvidar...!

—¡Ay! —suspiró Serafín—. ¡Tú no lo sabes todo!

—Pues ¿qué hay? ¿Te ha escrito? ¿Dónde está? ¡Diablo! ¡Me interesa esa mujer! ¡Perderla a la hora de amarla! ¡Perderla!... y encontrarla luego en Cádiz..., sí..., ¡eso es!... ¡Qué borrachos estábamos!... ¿Viste cuando agitó el pañuelo? Y luego... ¡nada!... ¡Se disipó! ¡Desapareció para siempre!

—¡Ojalá! —exclamó Serafín.

—¿Cómo? ¿Has vuelto a encontrarla? ¿Dónde? ¿Cómo? ¿Tiene algo que ver ella con tu viaje al Norte?

—La he visto la he hablado; he viajado con ella un mes; ha cantado, acompañándola yo; sé su nombre y su historia...

—¡Diablo y demonio! ¡Y me lo dices con ese aire de tristeza! ¡Oh! ¡Tú me engañas! ¡Tú estás, cuando menos, chirlomirlo!...

—Te digo la verdad... —respondió Serafín—. ¡Por ella he venido a esta región! ¡Por ella me ves en tu barco! ¡Por ella vivo... sin poder vivir en manera alguna!

—¡Yo te consolaré —repuso el Capitán de la Matilde— echando algunos tragos! Pero... ¡ahora caigo en la cuenta! ¿Has encontrado también al joven del albornoz blanco? ¡Por cierto que no se me ha olvidado el desafío pendiente, y que acudiré a la cita!... ¿Has vuelto a tropezar con aquel oso rubio?

—¡Y he hablado con él muchas veces!

—¿Estoy soñando? Dime: ¿y el viejo, el enano, el calvo?...

—¡También sé quién es!

—Y ¿no te llamas todavía Polión?

—¡Ya ves que estoy desesperado! Es asunto largo de contar... Mañana lo sabrás todo.

—¡Por mis charreteras y por todos los diablos! ¡Creo que hemos tropezado a tiempo! ¡Los que se suicidan deben de estar la víspera de su muerte como tú estás hoy!

—Tampoco puedo matarme... —replicó Serafín lúgubremente.

—Me alegro muchísimo...; pero dime, ¿por qué no puedes?

—Porque lo he jurado.

—¿A quién?

—A la Hija del Cielo.

—Pues, señor, ¡no lo entiendo! ¿Es coqueta esa mujer?

—¡Es un ángel!

—¿Te quiere mal?

—¡Me adora!

—Cada vez lo entiendo menos. ¿Es casada? No... ¡Aún es soltera!

—¡Vete al diablo! En fin, dejemos esto...

Ya me lo contarás después... o nunca. Lo que no tiene remedio, se olvida. Para olvidar, se bebe. Y para beber, se pide. ¡Hola! ¡Traed más ponche! Voy a hacerte la partida... Luego vendrás a mi cámara, y en adelante viviremos allí juntos. Yo te curaré de ese amor o suspiraré contigo... ¡Ay! ¡También tengo mis razones! ¡Dentro de un mes estaremos en Cádiz... y, por mi parte, no sé qué hacerme! ¡Cantaré misa, o me iré al Japón! No tengo casa, ni familia... ni... ¡Diablo! ¡Que sea yo tan necio! ¡Pues no amo a tu hermana como un imbécil! Pero hablemos de otra cosa... ¡Brrr! ¡Magnífico ponche! ¡Alégrate, Serafín!¡Qué ganas tenía de hablar... y, sobretodo, contigo! ¡Figúrate mi sorpresa cuando hallé tu nombre en la lista de los pasajeros de mi buque! ¡Vaya otro vaso! ¡Me parece un sueño que te veo! Pues, señor, ya que no hablas, hablaré yo solo; te contaré algo de mis viajes... De seguro te distraerán... Ahora recuerdo cierta entrevista que he tenido con un alma del otro mundo... Y esto me recuerda otra cosa... ¡Torpe de mí, que no te lo he dicho todavía! ¿Sabes tú con quién estás hablando?

—¿Con quién? —dijo Serafín maquinalmente.

—¡Con el Capitán de la Matilde!

—Ya me lo has dicho.

—Espera... que aún no he concluido... No sólo soy Capitán, sino Almirante. Y digo Almirante, porque, si echo al agua las lanchas y los botes, no negarás que me hallo con una escuadra. ¿Qué te parece? ¡Ni es esto todo!... ¡Soy rey!

—¡Rey! —murmuró Serafín sonriéndose.

—¡Rey!... ¡Rey con todas sus letras!

—¿De dónde?

—Del Spitzberg; de la Isla del Nordeste. ¡Un rey sin súbditos! ¡Rey de una isla desierta! ¡Una especie de Pepe Botellas, como decían en los somatenes de antaño...; pero rey absoluto, pues que no tengo Cámaras! ¡Y qué paz hay en mis Estados!

—Mas ¿quién te ha consagrado rey?

—¡Yo mismo...; yo que antes de ceñirme la corona había ya dicho en mis adentros, parodiando al gran Sixto V: Ego sum Papa! Sí, chico... En esto soy de la opinión de mi primo Enrique VIII de Inglaterra. ¡Soy rey y pontífice a un mismo tiempo! Primero me hice papa, y luego me consagré rey. Pero vuelvo a mi historia... a mi entrevista con los muertos. Atención. ¡Vaya otro vaso!

IV. De cómo un cadáver se embalsamó a sí mismo

—La Isla del Nordeste —continuó Alberto— es la más septentrional del archipiélago de Spitzberg, y está desierta como las otras. En la que da su nombre a todo el grupo creo que hay una colonia rusa, habitada sólo los veranos... Pero yo no buscaba rusos, Serafín; ¡yo buscaba la augusta soledad de una Naturaleza muerta!

Así es que desembarqué en aquella isla, mayor que muchos reinos de Europa, solo, con mi escopeta al brazo y no sin cierto estremecimiento de orgullo al pensar que era yo el único morador de aquel vasto territorio, ¡su rey, mejor dicho, como Adán lo era de todo el planeta cuanto apareció en él!

Mediaba a la sazón la primavera de aquel país; pero hacía un frío de todos los diablos.

Algunos fresales silvestres crecían sobre un suelo siempre nevado: las adormideras blancas y las siemprevivas florecían a la sombra de añosos cedros abiertos y desgajados por el frío, y en el zócalo de los témpanos de hielo que se recostaban sobre los montes se extendía el liquen o musgo blanco... He aquí toda la vegetación de la Isla del Nordeste.

El burgomaestre, ese buitre del Polo, el mallemak y los rotgers cantaban y volaban de cumbre en cumbre...; pero por ninguna parte veía cierto pájaro que yo buscaba, y sobre el cual había leído muchos embustes...

—¿Qué es eso, Serafín? ¿Te duermes? Atiende, ¡voto a bríos! que se acerca la catástrofe.

El pájaro que yo buscaba era el apuranieves.

Ya había andado cosa de media legua por el interior de la isla, cuando el Sol rompió la aterida niebla... Inmediatamente vi en la cumbre de un picacho de hielo cierta especie de tórtola, cuyas doradas plumas resplandecían al Sol de tal manera, que parecía un ave de oro, o, mejor dicho, de fuego...

¡Era la que yo buscaba!

Apuntéle enseguida; pero la tórtola me vio, y, levantando el vuelo, se fue a posar en una hendedura formada por dos hielos seculares...

Avancé hacia allí con precaución; mas no con tanta que el apuranieves dejase de tener tiempo de adoptar alguna por su parte...

Ésta consistió en introducirse por aquella grieta.

Desesperado con este contratiempo, y decidido a no volver a bordo sin un apuranieves, trepé a la montaña y me deslicé por la hendedura.

Entonces vi con asombro que aquel pórtico de constante hielo daba entrada a una extensa gruta, al fin de la cual brillaba también la luz del día.

El apuranieves estaba parado en aquella salida de la galería de cristal, y fulguraba al Sol como un ascua.

A mí me rodaban las tinieblas.

Como la crujía natural en que me hallaba era enteramente recta, apunté al pájaro desde el centro y solté el tiro...

El apuranieves cayó al otro lado de aquella mina.

Iba a, buscarlo, cuando sentí que se estremecía toda la gruta, y que los témpanos se desplomaban por todas partes con fragoso ruido. Aquella galería no era de rocas, sino de hielos seculares.

Creí perecer.

La salida y la entrada se habían obstruido juntamente, privándome de todo escape y de toda claridad.

Quedé, pues, en tinieblas, en el centro de un terremoto.

Al poco tiempo crujió la techumbre, y empezó a desmoronarse también alrededor de mí.

La luz entró a torrentes en la destrozada gruta.

Yo me puse de un brinco en el primer claro que vi sin techo, y, ya más tranquilo, esperé a que terminase el trastorno que había causado mi imprudencia.

Pero, como si el cataclismo no hubiese tenido más objeto que el asustarme, no bien me coloqué en salvo, terminaron los crujidos y los hundimientos.

Entonces miré a mi alrededor buscando salida, y con ánimo de buscar también el apuranieves.

Pero, al girar la vista, mis ojos tropezaron con otros ojos...

¡Diablo, Serafín! ¡Estremécete!...

¡Aquellos ojos eran humanos, y tan resplandecientes y negros como los míos!

Y, sin embargo, yo me hallaba solo en la gruta.

¡Aquellos ojos estaban dentro de un témpano!

Al punto creí que mi propia imagen, refractada por el hielo, estaba enfrente de mí...

Pero cuando vi que aquellos ojos correspondían a una cara, y que aquella cara no era la mía, y que a la cara seguía un cuerpo vestido de blanco, tendido a lo largo del témpano, y que aquel cuerpo era el de un hombre engastado en cristal, el de un hielo convertido en hombre, el de un cadáver helado..., ¡diablo, Serafín! te lo juro, no fue «¡Diablo!» lo que dije, sino «¡Dios!» «¡Dios!», una y otra, y muy repetidas veces.

¡Lo que más me extrañaba era que aquel cadáver tenía los ojos abiertos, lucientes, con la chispa vital vibrando en la pupila!

Era un hermosísimo mancebo, vestido con una blanca túnica escandinava, manchada de sangre por muchos puntos. Su mano estrechaba un objeto, en que reconocí una caja de plata. Largos cabellos negros, erizados por el frío polar y por el de la muerte, rodeaban su blanco rostro, sellado aún con la postrera angustia. Parecía una imagen del Crucificado tendido en su santo sepulcro.

Y no te extrañe nada de esto, Serafín... Yo ya sabía que no hay embalsamamiento más perfecto y durable que la congelación, y hasta había visto que en todos estos países se usa el hielo, en vez de la sal, para conservar frescas las carnes durante años enteros...

De cualquier modo, mis primeros momentos fueron de espanto, de terror... Luego me asaltó la curiosidad. ¿Quién había llevado allí a aquel hombre? ¿Quién le había dado muerte? ¿Qué significaba aquella caja que el cadáver tenía en la mano?

Entonces empecé a romper el hielo con el cañón de mi escopeta, y al cabo de una hora había logrado arrancar la caja de la mano del cadáver...

Abríla a duras penas, y encontré un legajo de papeles, en cuyo sobre decía: «Memorias del jarl Rurico de Cálix,

escritas en la hora de la muerte, y dirigidas a sus Hermanos de Malenger. Spitzberg, 18...».

V. Reverdece la esperanza

Serafín había oído a Alberto sin escucharlo.

Pensaba en sus desventuras, y no estaba para formar juicio de otra cosa.

Pero al oír el nombre de Rurico de Cálix se levantó como impulsado por un resorte de acero.

—¿Qué nombre has pronunciado? —exclamó con una exaltación indescriptible.

Alberto lo miró atónito.

Serafín quiso entonces recordar lo que le había contado su amigo, y empezó a golpearse la frente...

—¡Spitzber!... ¡Un cadáver!... ¡Unos ojos negros!... ¡Sangre!... ¡Rurico de Cálix!... He aquí las ideas que en medio de su trastorno pudo recoger; las mismas que expresó en frenéticos gritos.

—¡Cálmate, Serafín! —exclamó Alberto.

—¡Qué delirio! —añadió Serafín, volviendo a decaer—. ¡Rurico de Cálix vive! ¡Rurico de Cálix se casa dentro de cuatro días con la Hija del Cielo!

Alberto comprendió en un instante, gracias a su privilegiada imaginación, todo lo que Serafín no le había contado.

—¡Rurico de Cálix murió hace cinco años en la Isla del Nordeste! —exclamó con un acento de convicción que electrizó al amante de Brunilda de Silly.

—¡Alberto! ¡Alberto! —gritó el joven con desesperación—. ¿Por qué me engañas? ¿No ves que tus invenciones me vuelven loco?

En efecto; Serafín creía que su amigo inventaba aquella historia para llamarlo al mundo de la esperanza.

Alberto no contestó cosa alguna; pero se levantó con imponente seriedad, y salió apresuradamente de la cámara, haciendo señas a Serafín de que esperase...

Dos minutos después volvió con unos papeles en la mano.

—Oye, Serafín, y no me interrumpas... —exclamó—. Las Memorias de Rurico de Cálix dicen de este modo.

Serafín puso atención, sin atreverse a creer todavía que fuese verdad lo que le pasaba.

VI. Memorias de Rurico de Cálix

«Hermanos:

»Me confiasteis una sagrada misión: no la he cumplido, y necesito justificarme a vuestros ojos.

»Voy a morir...; pero el cielo me otorga una agonía sosegada, y podré escribir brevemente estas Memorias, que encontrará con mi cadáver el emisario vuestro que desembarque en esta isla el año próximo.

»He aquí la historia de mi muerte:

»Hermanos: yo amaba a la jarlesa Brunilda de Silly.

»Otro hombre la amaba también.

»Este hombre era el Niño-Pirata, Óscar el Encubierto.

»Cierto día recibí de mi adorada una prueba de amor: un saludo...

»Al día siguiente me disparó mi rival un tiro, que mató al timonel de mi urca El Águila.

»Fui a Malenger, y me confiasteis papeles importantísimos a fin de que los trajese a esta isla, a nuestro subterráneo palacio...

»Cuando volvía a mi urca encontré al jarl de Silly, a, nuestro venerable hermano, al padre de Brunilda, en poder de Óscar el Encubierto, quien se disponía a darle muerte...

»Salvé al anciano hiriendo al joven, el cual rodó a un profundo abismo...

»El jarl de Silly me juró entonces que su hija sería mi esposa.

»Nos separamos cerca ya del mar, y me dirigí a mi embarcación.

»El Águila se hizo a la vela.

»A los ocho días de navegación, notamos que un groenlandero nos seguía a lo lejos.

»Una completa cerrazón de niebla lo ocultó a nuestros ojos al día siguiente.

»Yo mandé desplegar todas las velas de El Águila porque recelaba de aquel barco espía...

»Una semana después rompió el Sol las brumas que entoldaban el espacio.

»El groenlandero estaba a una legua de nosotros.

»Era el Niño-Pirata, el bajel corsario de Óscar el Encubierto, el barco que lleva su mismo sobrenombre.

»Nuestros esfuerzos fueron vanos.

»El groenlandero era más corredor que El Águila.

»Al tiempo de avistar a Spitzberg nos dio caza.

»Trabose un combate horrible a tiros.

»Óscar el Encubierto venía en su buque y mandaba el ataque... ¡No había perecido, como yo pensaba!

»Traía vendado el brazo derecho, pero empuñaba el hacha con la mano izquierda.

»Nuestros marineros se batieron con desesperación.

«Todo fue inútil.

»El Encubierto arrojó el antifaz en la hora del supremo peligro, y sus secuaces, al ver, por primera vez sin duda, el rostro del bandido, rugieron de entusiasmo.

»Los corsarios nos acribillaban, nos abrasaban casi a boca de jarro.

»El Niño-Pirata no apartaba de mí sus ojos furibundos.

»Para que lo reconozcáis y nos venguéis, os diré que es un hermoso mancebo de dieciocho a veinte años, un tigre cachorro, de altanera fisonomía, cabellos rubios muy cortos, ojos azules clarísimos y sonrisa desdeñosa.

»La insignia pirática que le da supremacía entre su gente, es un peto rojo cruzado por una banda amarilla.

»Cuando los corsarios que lo acompañan ven este blasón siniestro, rugen como osos sedientos de matanza...

»¡Así nos venció, llegado el abordaje!

»Toda mi tripulación fue pasada a cuchillo.

»El Águila hacía agua por todas partes.

»Pronto la vi comenzar a sumergirse en la vasta tumba que me rodeaba.

»Entonces yo, que me había escondido a tiempo con la caja que encerraba vuestros papeles, me arrojé al mar para salvarme a nado.

»Llegué a esta isla.

»¡Ah! ¡Ni aun así me había librado de la muerte!

»¡Echada a pique El Águila, no tendría embarcación en que tornar al continente!

»El frío y el hambre harían lo demás...

»Pero el destino me tenía reservada muerte más horrible.

»Escuchad.

»Al tocar yo a tierra, me divisaron los piratas...

»Óscar entró en un bote, y vino hacia mí seguido de cuatro o cinco corsarios.

»Viéndome perdido, arrojé al mar la caja de vuestros papeles.

»Y me interné en la isla.

»Pero al cabo de una hora caí prisionero.

—¡No lo matéis! —gritó desde lejos el Niño-Pirata.

»Llegó al fin donde yo estaba, y mandó que me maniatasen.

—¡Dejadnos solos! —dijo enseguida.

»Los bandidos se alejaron.

—¡Escucha! —exclamó Óscar con su calma desesperadora—. Brunilda de Silly me aborrece: Brunilda de Silly te ama. Tu arpa le arranca un saludo: los ecos de mi flauta le causan enojo... ¡Uno de los dos está de más en la tierra! Hace veintiocho días que el jarl de Silly te ha jurado que Brunilda será tu esposa... Poco antes, tú me habías roto un brazo de un tiro... ¡Así nos convenía a los dos! Aquel día trepaba yo por el barranco, a pesar de mi herida, para lanzar mis piratas sobre vosotros, cuando oí tu tierna conversación con el padre de nuestra adorada... Me detuve. Dijiste que venías a Spitzberg, y decidí seguirte. Mi plan era soberbio. Atiéndeme, y revienta de ira. Voy a matarte... ¡No es esto solo!... Voy a matar al padre de Brunilda... ¡No he concluido aún!... ¡Voy a presentarme a ella diciendo que me llamo Rurico de Cálix, y a reclamar el juramento que te ha hecho el jarl de Silly! Tu adorada no te conoce; es decir, no sabe que Rurico de Cálix y el hombre del arpa son una misma persona. Tampoco sabe que Óscar el Encubierto es el montañés de la flauta... Su padre, que pudiera aclararlo todo, habrá ya muerto. Mi semblante es desconocido para todo el mundo... Resultado: ¡Brunilda será mía! ¡Brunilda será mi esposa! ¡Y, entre tanto, a ti te comerán. los osos en esta isla desierta!...

»Dijo, y me clavó su puñal en el pecho.

»Cuando recobré el sentido, el barco pirata desaparecía en alta mar.

»¡Ya estaba yo solo en esta isla!

»¡Solo, y desangrándome!

»Introduje un pañuelo en mi herida y me fajé con mi cinturón.

»Dios ha permitido que llegue hasta aquí, por donde pasará mi sucesor el año que viene, y que salve al menos mi honra, escribiéndoos estos renglones...

»¡Hermanos!

»No he desempeñado mi importante misión; pero los papeles que me confiasteis no caerán en manos de nuestros enemigos.

»¡Me debéis todos la vida!

»¡Vengadme, hermanos!

»Se me acaban las fuerzas.

»Oíd mi testamento:

»Buscad a mi madre, a mi pobre madre la jarlesa Alejandra de Cálix, que vive en la isla de Loppen.

»Decidle que muero bendiciéndola.

»Prevenid al jarl Adolfo Juan de Silly el peligro que corre...

»¡Buscad a Brunilda y anunciadle que está libre de la palabra empeñada, supuesto que yo, Rurico de Cálix, he muerto!

»¡Decidle que muero por ella, pero adorando su memoria!

»¡Adiós, hermanos!

»¡Trabajad por la independencia de Noruega!

»¡He aquí mi último voto... mi última esperanza!

»Rurico de Cálix.»

VII. El rey de una isla desierta arenga a sus vasallos

Imposible nos fuera describir la revolución que operó en el alma del músico la lectura de las precedentes Memorias.

—¡Me has salvado, Alberto! ¡La has salvado a ella! ¡Me vuelves la dicha! ¡Me vuelves el amor! ¡Te lo debo todo!

Esto dijo abrazando al rey de Spitzberg, que no comprendía aquellas cosas sino a medias.

Entonces le contó Serafín todas sus aventuras: su viaje, sus peligros, las conversaciones con el capitán, la historia de Brunilda; todo aquel laberinto que acababan de desenredar las Memorias del verdadero Rurico de Cálix.

—¡Diablo y demonio! —exclamó Alberto, dando vueltas por la cámara—. ¡A Silly! ¡A Silly, Serafín! ¡Corramos en busca de Brunilda! Faltan cuatro días... ¡Tenemos tiempo!

¡He aquí por qué nuestro hombre no podía batirse hasta pasado un año! ¡Ya le diré yo lo que me importan todos los corsarios del mundo, rojos y sin enrojecer! ¡Hola..., timonel! ¡piloto! ¡mi teniente!... ¡Al castillo de Silly! ¡Virad al momento! ¡Que no quede un trapo arrugado en toda la arboladura! ¡Iza, Iza! ¡Arriba mi gente! ¡A Silly! ¡Si no llegamos antes del día 7, os cuelgo a todos del palo mayor; y tú, mi segundo, me sirves de gallardete hasta la consumación de los siglos!

No había concluido Alberto esta arenga extraña, cuando la Matilde viró completamente, como un caballo dócil vuelve grupas, y corrió de bolina hacia la costa como una exhalación, como un relámpago...

Serafín besaba, abrazaba, levantaba en el aire a Alberto.

—¡Te premiaré, amigo mío! —le decía con toda la efusión de su alma—. ¡Te premiaré... como no puedes imaginarte! ¡Alberto! ¡Alberto!... Has de pagarme estas lágrimas de ventura con otras lágrimas de felicidad, o pierdo mi nombre de Serafín, mi vida, mi esperanza, mi amor y mi stradivarius!

VIII. Todo y nada

Era el día 7 de agosto; el día de la boda.

El Sol apareció después de brevísima noche.

Alberto y Serafín lo vieron salir con inmensa emoción desde una banda de la urca Matilde.

—¿Cuánto queda? ¿Cuándo llegamos? —preguntaban a cada instante los dos jóvenes a todos los marineros.

—Dentro de diez horas... Dentro de ocho... Dentro de seis... Dentro de cuatro... Dentro de dos... —iban respondiendo éstos, según que el Sol adelantaba en su carrera casi horizontal.

—¿Cuándo llegamos? —repetía Alberto, arrojando puñados de dinero a la absorta tripulación.

—Dentro de una hora.

—¿Qué hora es?

—Las doce...

—¡Las doce! ¡las doce! ¡Vela! ¡vela! ¡más vela! —exclamaba Serafín.

—¡Ya vemos a Silly! —gritó un marinero.

—¡Silly! —repitieron los dos jóvenes.

—¡Miradlo!... Aquel castillo negro que asoma entre la nieve, es Silly...

—¡Silly!.. —exclamaba Serafín—. ¡Allí está Brunilda! ¡Allí nació la Hija del Cielo!

—¡Siete de agosto!... ¡Las doce y media! —gritaba el capitán de la Matilde—. ¡Si a la una no hemos saltado a tierra, echo a pique la embarcación! ¡Preparad ese ancla!... ¡Arría, arría! ¡Un abrazo, Serafín!... ¡Esperanza! ¡ánimo!... Hemos llegado.

¡Era la una y media!

Alberto y Serafín entraron en una lancha, que los dejó en tierra en dos minutos.

—¡Corramos!... exclamaron a un tiempo.

Y se dirigieron al castillo, que se enseñoreaba de una aldea.

Silly estaba sombrío, silencioso.

Algunos criados lujosamente vestidos dejaron pasar a nuestros jóvenes, creyéndolos convidados a la boda...

—¿Se han casado? —preguntaba Serafín en italiano, en francés, en español, en latín...

La servidumbre se encogía de hombros.

No le comprendían.

—¿Se ha casado ya? —preguntaba Alberto en inglés, en alemán, en griego, en árabe, en portugués...

¡Tampoco le entendía nadie!

¡Qué instantes tan angustiosos!

Guiados por la servidumbre, penetraron en un salón, luego en una galería, luego en otro salón, todos desiertos.

Al fin llegaron a la antecámara, en cuyo fondo había una puerta entornada, a través de la cual se oía murmullo de gente y se percibía profusa iluminación.

Serafín temblaba como un epiléptico.

—¡Entra tú! —le dijo a su amigo.

—¡Diablo! ¡Pues no he de entrar! ¡Sígueme! —exclamó Alberto.

Y arrojando el sombrero, empujó con resolución aquella puerta.

Serafín penetró detrás de él. Estaban en la capilla.

IX. Todo inútil

—¡Deteneos!... —gritó Alberto al penetrar en el sagrado recinto.

Brunilda, Rurico de Cálix, el conde Gustavo, el sacerdote, el notario y los testigos, únicas personas que había en aquel lugar, volvieron la cabeza admirados.

Rurico vio a Alberto, y reconoció en él al hombre del desafío.

Brunilda no lo conocía, pero presintió algo extraordinario.

Entonces apareció Serafín.

Al verlo Brunilda; al hallarlo allí, cuando lo creía en medio de los mares; al pensar que quebrantaba todos sus juramentos; al contemplar de nuevo al que era su vida, su alma, su único amor, sintió enojo, sorpresa, dicha, desesperación y cuanto no pudiéramos explicar.

—¡Serafín! —exclamó, cayendo en brazos de su tío.

—¡Serafín! —repitió Rurico, que lo creía muerto hacía dos meses.

—¡Caballero! —exclamó el conde Gustavo lleno de indignación.

Pero Serafín no existía más que para Brunilda.

La miraba con indecible angustia, con delirante amor...

¿Era libre todavía?

¿Se había casado ya?

La joven estaba pálida y mustia, como una sombra de lo que había sido.

Aquellos dos meses de sufrimiento habían dejado en su rostro profunda huella.

Vestía de blanco y ceñía dos coronas: la condal y la de desposada.

Acaso también la del martirio.

—¡Deteneos! —volvió a decir Alberto con tanta audacia, que todos quedaron suspensos de sus labios.

Brunilda se había recobrado, y miraba aquella escena sin adivinar lo que iba a suceder.

Rurico, lívido de cólera, acariciaba su puñal, temiéndolo todo, conteniéndose apenas.

El conde Gustavo se adelantó hacia los dos jóvenes y dijo con severidad:

—¿Cómo os atrevéis a turbar de este modo la paz de una familia, la quietud de mi casa, la solemnidad de esta ceremonia? ¡Idos de aquí con vuestro temerario amor! ¡Dejad a una buena hija cumplir lo que juró a su padre!

—Acabemos... —añadió Rurico, dirigiéndose al sacerdote—. Estos señores presenciarán el desposorio, y luego nos dirán a qué han venido.

Serafín oyó estas palabras con inexplicable júbilo.

—¡Llegamos a tiempo! —exclamó.

—¡No se ha casado! —dijo Alberto, sacando las Memorias de Rurico de Cálix.

—¿Qué significa eso? —gritó Rurico, desenvainando el puñal al ver aquellos papeles que, sin saber por qué, le auguraban algo muy horrible.

—¡Estáis en un templo! —advirtió el sacerdote.

Rurico envainó el puñal, trémulo, confundido, tartamudeando una excusa.

—¡Escuchad todos! —dijo Serafín con voz solemne—. Este casamiento no puede verificarse. ¡La hija del jarl de Silly tiene jurado dar su mano al jarl Rurico de Cálix, y no debe faltar a su juramento!

Todos se miraron asombrados, creyendo que aquel extranjero estaba loco.

Rurico vio que la tormenta se le venía encima, y miró hacia la puerta.

Alberto le enseñaba disimuladamente una pistola.

—Explicaos, joven... —dijo el conde Gustavo—. Mi pupila juró casarse con el jarl de Cálix, y se dispone, como veis, a cumplir su juramento, casándose...

—¿Con quién?

—Con Rurico de Cálix...

—Y ¿dónde está ese hombre? Yo no lo veo aquí...

—Miradlo... repuso Gustavo, señalando al capitán del Leviathan.

—¡Ese hombre no es Rurico de Cálix! —replicó Serafín con voz entera.

Un rayo que hubiese caído en medio de la capilla no habría causado efecto igual al que produjo aquella revelación.

Brunilda, con los ojos dilatados y las manos extendidas, dio un paso hacia el falso Rurico, y murmuró lentamente:

—¡Lo había sospechado!

Rurico soltó una violenta carcajada.

El conde Gustavo se acercó a Serafín.

—¡Ved lo que decís, caballero! —exclamó con voz solemne.

Alberto seguía enseñando la pistola al bandido, quien no se atrevía a moverse.

—Ese hombre... —continuó Serafín— es Óscar el Encubierto, el Niño-Pirata, el asesino de Rurico de Cálix, que murió en Spitzberg hace cinco años. Ese hombre es el montañés que cierto día hirió a un marinero en frente de este castillo; el bandido que prendió después al jarl Adolfo Juan de Silly para hacerle optar entre la muerte o el deshonor de su hija; el infame que lo asesinó al año siguiente; el impostor sacrílego que quiere pasar por libertador de aquel a quien asesinara, y recoger el premio de la virtud de otra víctima suya. ¡Hipócrita! ¡Falsario! ¡Pirata! ¡Asesino! ¡Traidor! —continuó Serafín, apostrofando al bandido—. ¡Defiéndete si tal es tu osadía!

Reinó un instante de silencio.

Gustavo, el sacerdote y los testigos se apartaron de aquel hombre sobre quien recaían tan horribles acusaciones, y esperaron su réplica antes de soltar todas las tempestades de la ira y de la venganza.

Brunilda, deslumbrada por aquella revelación, se tapaba el rostro con las manos, diciendo:

—¡Yo iba a dar mi mano al asesino de mi padre!...

Óscar se adelantó entonces, frío, sereno, impasible.

—Señor notario, prended a ese infame en nombre de la ley... —dijo, señalando a Serafín.

Éste retrocedió un paso.

—¡Prendedlo, os digo! —añadió el joven con una entereza y una dignidad que impuso a todos respeto, y les hizo dudar nuevamente—. ¡Prended a ese malvado que me calumnia! ¡A ese aventurero que profana el templo donde Dios va a premiar mis sufrimientos con la mano de la mujer que adoro! ¡Prended a ese falsario, que me llama impostor, porque ama a mi prometida; a ese miserable violinista, que aspira a ceñirse, con intrigas de mala ley, la corona condal de Silly! ¡Prendedlo, y obligadlo a que presente las pruebas de su acusación o a que sufra el castigo de los calumniadores.

—¡Aquí están las pruebas!... —gritó Alberto, viendo vacilar a los circunstantes—. ¡Aquí están las Memorias del verdadero Rurico de Cálix!

—¡Esas Memorias son falsas, señor novelista! —exclamó el pirata con indignación—. ¡Yo nunca he escrito mis memorias!

—Hay una prueba... —dijo Serafín.

—¿Cuál? —exclamaron todos.

—El cadáver de Rurico de Cálix.

—¡Su cadáver! ¿Lo traéis acaso de testigo?...

Óscar pronunció estas palabras con una ironía espantosa.

Quizás temía aquello mismo que preguntaba sarcásticamente.

—Su cadáver está en Spitzberg... ¡Yo lo he visto!... ¡El hielo lo ha conservado incorrupto, y puede reconocerse por la autoridad!... —exclamó Alberto con arrogancia.

—¡Está muy lejos! —replicó Rurico con aparente sangre fría—. El invierno habrá empezado ya en aquella región, y nadie podrá ir hasta el año que viene... ¡Por Dios, que sois ingenioso! ¡Inventáis una fábula artificiosa que necesita un año para desenredarse!... Durante ese año la jarlesa permanecería libre, y vuestro amigo recobraría una esperanza... ¡Qué locura, señores, qué locura! ¡Las personas que nos están oyendo son demasiado formales para dejarse llevar de los caprichos de vuestras imaginaciones aventureras! Yo soy el jarl de Cálix mientras no se me demuestre lo contrario, y esta señora será mi esposa dentro de diez minutos. Burlado así vuestro propósito, el esposo de Brunilda irá mañana a los tribunales a constituirse en prisión o a reconquistar su honra.

La asamblea volvió a mirarse con asombro al ver desvanecida en un momento la acusación que pesaba sobre el joven jarl.

Entonces se adelantó Brunilda, y dijo con una voz enérgica y vibrante, dirigiéndose al pretendido Rurico:

—Caballero, todo lo que ha dicho este joven es verdad. Si no tiene pruebas, mi corazón no las necesita.

—¡El mío sí! —respondió el pirata, helando con una espantosa sonrisa la que ya vagaba por los labios de su rival—. ¡El mío sí las necesita! ¡Cómo, señora! ¿Apelaréis vos también a un torpe subterfugio para violar los más sagrados juramentos? Cuando salvé la vida a vuestro padre, juró el jarl que seríais mi esposa. Cuando el jarl agonizaba, lo jurasteis vos también. Cuando se le confió vuestra tutela al venerable anciano que nos escucha, repitió éste el mismo juramento. Cuando yo me presenté en el castillo hace cuatro años, lo reiterasteis nuevamente. ¡Jarl de Silly! ¡Jarl de Silly!... ¡He aquí a tu hija insultando al que te libró de la muerte, y despreciando las últimas palabras de tu agonía!, ¡y vos, señor Gustavo, ved cómo se mancha en vuestra presencia el honor de vuestra estirpe; ved cómo se ofende la religión; cómo se empaña la honra; cómo se escarnecen las tumbas! ¡Ah, señora! —prosiguió el joven con majestad sublime—. ¡No me obliguéis a arrancaros el anillo que os di! ¡No me obliguéis a devolveros la palabra que me empeñasteis! ¡Ved lo que hacéis, señora! Después de una escena tan sacrílega, apelaría yo también al sacrilegio... ¡Maldeciría la memoria de vuestro padre, arrojaría lodo a la estatua de su sepulcro y tiraría piedras al escudo de vuestros mayores!

Todos los circunstantes inclinaron la cabeza ante aquella voz terrible y amenazadora.

Verdad o mentira, lo que decía aquel joven hablaba al corazón y al convencimiento.

El viejo Gustavo, trémulo, aturdido, subyugado por aquella actitud tan digna y tan indignada, llegose a Brunilda, cogíale ambas manos, y le dijo con dulzura:

—Hija mía... ¡Dios lo quiere! ¡Acepta el sacrificio!

Brunilda, pálida, abatida, llena de superstición y espanto, cayó de rodillas ante el altar.

Alberto cometió la imprudencia de mostrar una pistola, y de avanzar hacia el falso o verdadero Rurico.

El sacerdote lo vio, y convencido de que el pirata decía verdad, exclamó con una indignación espantosa:

—¡Salid de aquí!... ¡Respetad el templo!

Serafín inclinó la cabeza y se dispuso a abandonar la capilla.

Óscar se arrodilló al lado de la Hija del cielo.

Gustavo repitió a los jóvenes la intimación de que saliesen.

El sacerdote empezó la ceremonia.

Los dos jóvenes se miraron con la más culminante desesperación.

—Vámonos... —dijo Serafín.

—¡Mátate! —replicó Alberto.

Y le alargó una pistola.

En aquel instante oyéronse pasos y gritos en la antecámara.

—¡Dejadme entrar! ¡Dejadme entrar! —decía una mujer con voz ronca y sollozante. ¡Dejadme entrar, asesinos!

X. En el que mueren dos personajes de esta novela

La ceremonia se suspendió nuevamente al sonar aquellos lamentos desesperados.

Abriose la puerta, y apareció un criado.

—Señora... —dijo—. Una loca muy anciana, que dice ser la jarlesa Alejandra de Cálix, quiere entrar.

Todos lanzaron un grito al oír estas palabras.

Rurico se levantó con el rostro descompuesto, la vista extraviada y las manos en la cabeza.

Brunilda se volvió hacia su amante y le dijo con enajenamiento:

—El cielo os depara el mejor testigo.

Alberto y Serafín resplandecían de gozo.

Gustavo y el sacerdote salieron precipitadamente.

—¡Ahora sabremos la verdad! —dijeron los testigos.

—¡Dejadme entrar! —repitió la loca, penetrando en la capilla entre los brazos de los ancianos que habían salido por ella.

Era la recién llegada una mujer de sesenta años, alta, majestuosa, vestida de blanco, pálida y enjuta como un esqueleto. Sus negros ojos llameaban como dos cavernas luminosas en medio de aquel rostro hundido. Sus canos cabellos, erizados sobre la frente, le daban un aire de terrible poder, de salvaje majestad.

Al penetrar en la habitación iba furiosa, despechada, anhelante...

Luego se paró en medio de la asamblea con la entreabierta boca teñida de espuma, y los miró a todos fijamente, uno por uno, con imbecilidad, con idiotez... Después se miró a sí propia, se tocó el cuerpo con ambas manos, y dijo entre una sonrisa desconsoladora:

—¡Me habían engañado mis servidores!

Entonces se aflojó la rigidez de sus músculos; dobláronse sus rodillas; dejó caer los brazos indolentemente e inclinó la cabeza.

Un ancho sollozo levantó la árida tabla de su pecho, y dos arroyos de lágrimas corrieron por sus mejillas, viniendo a templar la sed de sus calenturientos labios.

—¡Era mentira! —murmuró con toda la desolación del verdadero sentimiento—. ¡Triste de mí! ¡Me han engañado! ¡Escuchad, escuchad la desventura de una madre! «Adiós, hijo mío... ¿Volverás pronto? ¡Te vas a helar! ¡Tú eres la única flor de la pobre viuda! ¡Te quiero tanto, Rurico mío! Conque no tardes...» ¡Un año, dos años, tres años, cuatro años! ¡cinco años!... ¿Ha muerto?... ¿Vive?... ¡Qué frío!... ¡Pues más hace en Spitzberg!

¡Allí tengo yo un hijo helado! ¡Oh! ¡Dejadme ir, y yo le calentaré con mis besos! ¡Y lo resucitaré! ¡Y me arrancaré este corazón ardiente y vivo, y lo meteré en su pecho muerto y helado! ¡A...h!... ya... ¿Conque no se heló? Pues si no se heló, ¿por qué no viene?... ¡Cómo! ¿Ha venido? ¿Quién? ¿Rurico de Cálix se casa con la castellana de Silly? ¡El hijo de mis entrañas! ¡Mi Rurico... mi Rurico vive!... ¡Vasallos... preparad la nave!... ¿Qué dice el eco? ¡Mandadle a ese torrente que calle!... ¡Vasallos, vamos a Silly en busca de mi hijo! ¡Ingrato! ¿Has olvidado a tu madre?... ¿Dónde estás, amado de mi alma? ¿Me quieres menos que a otra mujer?... ¡Pobres madres!

La loca calló un momento.

Luego dejó de llorar súbitamente, y se levantó furiosa, diciendo:

—Pero ¿dónde está? ¡Quiero verlo! ¡Dejadme entrar!

Calmose de pronto, y preguntó con naturalidad o simpleza:

—Buenos días, señores. ¿Habéis visto a mi hijo?

Inútil fuera que procurásemos describir el efecto que aquella madre produjo en cada uno de los que la oían.

Brunilda lloraba.

Óscar, espantoso, crispado, convulso, casi se ocultaba entre las cortinas de un balcón.

Serafín temblaba como un azogado.

Gustavo, el sacerdote y los demás circunstantes paseaban sus ojos desde la loca al corsario, y murmuraban:

—¡No es su hijo!

Entonces Alberto se adelantó hacia Óscar, apartó la cortina con que se velaba, y dijo a la triste viuda:

—Señora, ved a Rurico de Cálix.

La madre dio un grito desgarrador, un brinco de leona, un salto de pantera, y se abalanzó al bandido.

Cogiolo de los hombros; mirolo fijamente, y le escupió a la cara una carcajada bronca y rechinante.

—¡No es! ¡No es! ¡No es!... —tartamudeó entre su risa.

—¡No es! —repitió toda la reunión.

—¡No es! —volvió a decir la anciana, cayendo de rodillas.

Y lloró de nuevo.

—¡No soy! —exclamó el pirata, sacando el puñal—. ¡No soy! —repitió, apartando sus vestidos y mostrando en su pecho el peto rojo con la insignia amarilla—. ¡Soy Óscar el Encubierto! —añadió, por último, amenazando a todos con el hierro de los asesinos.

Y plantose en medio de la habitación; lanzó una mirada de desprecio en torno suyo; tiró la cabeza atrás con arrogancia; sonrió con la ironía de siempre, y volvió a decir:

—¡No soy! ¡Soy el Niño-Pirata!

Alberto y Serafín se pusieron entre él y Brunilda.

Ya era tiempo.

El bandido se dirigía hacia ella con el puñal levantado.

Al verse contenido por las pistolas... retrocedió un paso.

Alberto fue a dispararle, pero el buen Serafín lo estorbó.

La loca lloraba, repitiendo:

—¡No es!

—¡Jarlesa de Cálix! —gritó entonces Alberto, temiendo que se le escapara Óscar por escrúpulos del amante de Brunilda—. ¡Jarlesa de Cálix, vuestro hijo ha muerto, y ése es su asesino!

La vieja se puso de pie al oír estas palabras; lanzose al corsario; cogiólo de la garganta con las tenazas de sus manos y lo arrojó al suelo.

Al caer el bandido, asestó una puñalada al costado izquierdo de la loca.

Ésta dio un alarido.

Sacose el puñal de la herida, y lo clavó repetidas veces en el corazón de Óscar. Estremeciose el corsario bajo las rodillas de la vieja; murmuró una maldición y entregó el último aliento.

La loca se levantó triunfante; apoyó un pie en el pecho de su víctima; lanzó una carcajada histérica y salvaje, y cayó muerta sobre el cadáver del pirata.

Fin

Libros a la carta

A la carta es un servicio especializado para

empresas,

librerías,

bibliotecas,

editoriales

y centros de enseñanza;

y permite confeccionar libros que, por su formato y concepción, sirven a los propósitos más específicos de estas instituciones.

Las empresas nos encargan ediciones personalizadas para marketing editorial o para regalos institucionales. Y los interesados solicitan, a título personal, ediciones antiguas, o no disponibles en el mercado; y las acompañan con notas y comentarios críticos.

Las ediciones tienen como apoyo un libro de estilo con todo tipo de referencias sobre los criterios de tratamiento tipográfico aplicados a nuestros libros que puede ser consultado en www.linkgua.com.

Linkgua edita por encargo diferentes versiones de una misma obra con distintos tratamientos ortotipográficos (actualizaciones de carácter divulgativo de un clásico, o versiones estrictamente fieles a la edición original de referencia).

Este servicio de ediciones a la carta le permitirá, si usted se dedica a la enseñanza, tener una forma de hacer pública su interpretación de un texto y, sobre una versión digitalizada «base», usted podrá introducir interpretaciones del texto fuente. Es un tópico que los profesores denuncien en clase los desmanes de una edición, o vayan comentando errores de interpretación de un texto y esta es una solución útil a esa necesidad del mundo académico.

Asimismo publicamos de manera sistemática, en un mismo catálogo, tesis doctorales y actas de congresos académicos, que son distribuidas a través de nuestra Web.

El servicio de «libros a la carta» funciona de dos formas.

1. Tenemos un fondo de libros digitalizados que usted puede personalizar en tiradas de al menos cinco ejemplares. Estas personalizaciones pueden ser de todo tipo: añadir notas de clase para uso de un grupo de estudiantes, introducir logos corporativos para uso con fines de marketing empresarial, etc. etc.

2. Buscamos libros descatalogados de otras editoriales y los reeditamos en tiradas cortas a petición de un cliente.

Colección DIFERENCIAS

Diario de un testigo de la guerra de África	Alarcón, Pedro Antonio de
Moros y cristianos	Alarcón, Pedro Antonio de
Argentina 1852. Bases y puntos de partida para la organización política de la República de Argentina	Alberdi, Juan Bautista
Apuntes para servir a la historia del origen y alzamiento del ejército destinado a ultramar en 1 de enero de 1820	Alcalá Galiano, Antonio María
Constitución de Cádiz (1812)	Autores varios
Constitución de Cuba (1940)	Autores varios
Constitución de la Confederación	Autores varios
Sab	Avellaneda, Gertrudis Gómez de
Espejo de paciencia	Balboa, Silvestre de
Relación auténtica de las idolatrías	Balsalobre, Gonzalo de
Comedia de san Francisco de Borja	Bocanegra, Matías de
El príncipe constante	Calderón de la Barca, Pedro
La aurora en Copacabana	Calderón de la Barca, Pedro
Nuevo hospicio para pobres	Calderón de la Barca, Pedro
El conde partinuplés	Caro Mallén de Soto, Ana
Valor, agravio y mujer	Caro, Ana
Brevísima relación de la destrucción de las Indias	Casas, Bartolomé de
De las antiguas gentes del Perú	Casas, Bartolomé de las
El conde Alarcos	Castro, Guillén de
Crónica de la Nueva España	Cervantes de Salazar, Francisco
La española inglesa	Cervantes Saavedra, Miguel de
La gitanilla	Cervantes Saavedra, Miguel de
La gran sultana	Cervantes Saavedra, Miguel de

Colección HUMOR